ईश्वर – एक आध्यात्मिक वास्तविकता

एक ऐसी वास्तविकता जिसे महसूस किया और खुली आँखों से देखा जा सकता है

यदि आप ईमानदार और कर्मठ हैं,
तो यकीन रखें;
ईश्वर एक दिन सब कुछ आपके अनुकूल कर देगा।

लेखक:
एम. बी. शरण, पीएच. डी.

प्राक्कथन
हेनरी रीड, पीएच. डी.

Evincepub Publishing

Parijat Extension, Bilaspur, Chhattisgarh 495001
First Published by Evincepub Publishing 2021
Copyright © M.B. Sharan2021
All Rights Reserved.

ISBN: 978-93-5446-272-6

 ~ ईश्वर – एक आध्यात्मिक वास्तविकता ~

समर्पण

अपने ईश्वर को
जिन्होंने मुझे
"ईश्वर – एक आध्यात्मिक वास्तविकता"
पुस्तक लिखने की प्रेरणा दी।

एम. बी. शरण द्वारा लिखित अन्य प्रकाशित पुस्तकें

1. *God is a Metaphysical Reality (Evincepub, 2020).*

2. *Sacred Marriage: A Divine Union of the Masculine and Feminine Soul, Mind, and Body (Second Edition, Evincepub, 2020).*

3. *पावन परिणय: स्त्री–पुरुष की आत्मा, मन, और शरीर का दिव्य मिलन (हिंदी अनुवाद: Transmart India; प्रकाशन: APN, 2020).*

4. *Sacred Marriage: A Divine Union of the Masculine and Feminine Soul, Mind, and Body (First Edition, FSP, 2018).*

5. *The Psychology of Super-Conscious Mind (Concept, 2014).*

6. *Metaphysical Realities in Psychology and Management (Concept, 2011).*

7. *Management through Interpersonal Relationships (Edited with Damodar Suar; Jaico, 2007).*

8. *Psychology Matters: Development, Health, and Organization (Edited with Damodar Suar; Allied, 2007).*

9. *A study of Role Conflict and its influence on Role Performance (My Ph.D. Thesis; Firma KLM, 1977).*

———————————————————

हिन्दी संस्करण के संबंध में दो शब्द ...

अँग्रेजी में यह पुस्तक, "God is a Metaphysical Reality" 2020 में प्रकाशित हुई जिसे बहुत लोगों ने पसंद किया। तभी से लग रहा था कि यदि इसका हिन्दी अनुवाद हो जाये तो हिन्दी भाषी लोगों को भी इसका लाभ मिलेगा। इसी भावना से प्रेरित होकर मैंने FLIPPRO Services, Ghaziabad से बात की। मुझे खुशी है कि उन लोगों ने एक महीने के अंदर ही अनुवाद करके दे दिया। तत्पश्चात, मेरे अनुरोध पर, श्री प्रभात कुमार जी ने बड़ी लगन से पूरी पुस्तक पढ़कर इसमें यथोचित संशोधन किया। और सबसे अंत में मेरी धर्मपत्नी, श्रीमती सविता शरण और मेरी पुत्री, श्रीमती गौरी कुमार ने प्रूफ़रीडिंग का कार्य सम्पन्न किया। मैं उन सब के प्रति अपना आभार व्यक्त करता हूँ।

...एम. बी. शरण

अनुक्रम

इस पुस्तक के संबंध में कुछ विद्वानों के विचार

केवल एक उत्कृष्ट अकादमिक प्रज्ञा पुरुष, प्रोफेसर एम.बी. शरण, ही अनन्त ईश्वर के बारे में तार्किक ढंग से लिखने की हिम्मत जुटा सकते हैं। इस पुस्तक का शीर्षक "ईश्वर – एक आध्यात्मिक वास्तविकता: एक ऐसी वास्तविकता जिसे महसूस किया और खुली आँखों से देखा जा सकता है" पुस्तक के उद्देश्य की सार्थकता को बतलाता है। पुस्तक ईश्वर की अवधारणा, भौतिकवादी चेतना का अर्थ, और आध्यात्मिक चेतना जैसे गूढ़ सवालों के जवाब ढूंढने के लिए एक व्यावहारिक मार्गदर्शक के रूप में शुरू होती है जो पाठक को आत्मा की गहराई, प्रकृति, परम सत्य और उसके अंदर व्याप्त शुद्ध ऊर्जा को समझने के लिए तैयार करती है। प्रो. शरण विषय-वस्तु को ढंग से पेश कर पाठक को आत्म-अन्वेषण में मदद कराते हैं जिससे वह ईश्वर की प्राप्ति के गंतव्य तक पहुंच सके। इस पुस्तक को सभी धर्मों और आस्था वाले लोगों को पढ़ने के लिए अनुशंसित किया जाता है जिससे ईश्वर से सम्बंधित यदि उनके मन में कोई शंका अथवा प्रश्न है तो उसके सम्यक समाधान में मदद मिल सके।

जनक पांडे, पीएच. डी०

व्यवहार और संज्ञानात्मक विज्ञान केंद्र

इलाहाबाद विश्वविद्यालय, इलाहाबाद–211 002, भारत

pandeyjanak@gmail.com

ईश्वर विद्यमान है!

यह एक जटिल और अनिर्णित प्रश्न है कि ब्रह्मांड क्या है और इसकी उत्पत्ति कैसे हुई? इसकी उत्पत्ति का उद्देश्य क्या है? और, अनुभवगम्य ब्रह्मांड के पीछे अदृष्ट कारण क्या है? सदियों से दुनिया के महान चिंतकों ने ऐसे प्रश्नों का सामना किया है। "ईश्वर – एक आध्यात्मिक वास्तविकता", लघु-पुस्तक के लेखक, एक प्रख्यात शिक्षाविद् और अव्वल कोटि के मनोवैज्ञानिक, ने इस विशद विषय को सारगर्भित और व्यापक रूप से व्याख्या करते हुए इन पेचीदा प्रश्नों के उत्तर देने का सच्चा प्रयास किया है। इसके अलावा, विद्वान लेखक ने आध्यात्मिक पथ पर निश्चित रूप से आगे बढ़ने के लिए क्रमिक प्रक्रिया का वर्णन किया है। यह दरअसल ईश्वर की प्राप्ति का अभ्यास करने के लिए स्वसाहाय्य मार्गदर्शिका है। यह पुस्तक अपने जीवन को धार्मिक और उदात्त बनाने के लिए आदर्शवादी सुंदर उपायों को बताती है। लेखक पश्चिमी के साथ-साथ भारतीय शास्त्रों, ग्रंथों और अपनी पुस्तकों से तत्वमीमांसा, परमचेतना, योग, ध्यान और प्रार्थना, सार्वलौकिक विधानों आदि की अवधारणाओं को समझाने के लिए व्यापक संदर्भ लेते हैं जिसमें 'आध्यात्मिक भागफल' (एसक्यू) और 'आत्मा-विज्ञान की अवधारणा' शामिल हैं। पुस्तक एकाग्रता को बढ़ाने के तरीकों को बताती है और आनंद को बढ़ावा देने और पूर्णरूप से संतुष्टि प्राप्त करने के लिए मानसिकता में अपेक्षित बदलाव के अनिवार्य शर्त की व्याख्या करती है। मुझे याद है कि स्कूल के दिनों में जब 'पाई'

~ एम. बी. शरण, पीएच. डी. ~   ९

और 'ई' (यूलर की संख्या) की अवधारणा पेश की गई थी, तो गणित के शिक्षक ने उनका पारलौकिक संख्याओं के रूप में उल्लेख किया था। इसने मेरे प्रभाव्य मस्तिष्क पर एक छाप छोड़ा और मुझे 'पारलौकिक वास्तविकताओं' के बारे में गहराई से सोचने के लिए प्रवृत्त किया। बाद में विज्ञान की कक्षाओं में, हमें उत्तरोत्तर अठारह अलग-अलग सार्वभौमिक स्थिरांक (प्रकाश की गति, एवोगेड्रो संख्या, बोल्ट्जमैन स्थिरांक, मोलर गैस स्थिरांक, इलेक्ट्रॉन का शेष द्रव्यमान, प्रोटॉन और न्यूट्रॉन, गुरुत्वाकर्षण स्थिरांक आदि) सिखाया गया। उस समय यह समझ के परे था कि ये अठारह सार्वभौमिक स्थिरांक ब्रह्मांड को परिभाषित करते हैं और ब्रह्मांड के निर्माण के मूल में एक दिव्य योजना को इंगित करते हुए जीवन रूपों के अस्तित्व को संभव बनाते हैं। आर्थर एल. स्केवलो, भौतिक विज्ञान (1981) में नोबेल पुरस्कार विजेता, ने कहा था: "मुझे ऐसा लगता है कि जब जीवन और ब्रह्मांड के चमत्कारों से साक्षात्कार होता है, तो व्यक्ति को यह पूछना चाहिए कि 'क्यों', न कि 'कैसे'। संभावित उत्तर धार्मिक है,... मुझे ब्रह्मांड और मेरे जीवन में ईश्वर की आवश्यकता है।" अल्बर्ट आइंस्टीन के अनुसार, "हर कोई जो विज्ञान की खोज में गंभीरता से लगा हुआ है, वह आश्वस्त हो जाता है कि एक परमात्मा ब्रह्मांड के प्राकृतिक नियमों में प्रकट होता है – एक परमात्मा जो मनुष्य से बहुत ही बेहतर है।" वेदांत के अनुसार, हर चीज में उसकी मूलभूत विशिष्ट चेतना होती है। ब्रह्मांड के निर्माण में परमात्मा की अद्भुत दृष्टि (दिव्यदृष्टि) थी। ब्रह्मांड का निर्माण, पालन और संहार उसकी दिव्य देख-रेख में

     ~ ईश्वर – एक आध्यात्मिक वास्तविकता ~

किया जाता है। चार्ल्स टाउन्स ने इस संभावना का संकेत दिया कि विज्ञान में ज्ञात चार बलों के अलावा अन्य उद्गम केंद्र हो सकता है। उन्होंने जोरदार तरीके से कहा: "यह सोचना अनुचित है कि हमें प्राकृतिक जगत के बारे में पर्याप्त ज्ञान है तथा हम बलों की समग्रता के बारे में पूरी तरह आश्वस्त हैं।" केप्लर, जिन्होंने ग्रहों की गति संबंधित तीन उत्कृष्ट नियम दिए, उन्होंने भी अपने अद्भुत विविध प्रकल्प में ईश्वर की दिव्य उपस्थिति को महसूस किया। उन्होंने कहा: "मैंने मानवीय चैतन्य से ज्यामितीय गणनाओं के आधार पर ईश्वर की रचना में अंतर्दृष्टि पाने का प्रयास किया है। इस सृष्टिकर्ता एवं तमाम अलौकिक अनुभूतियों के जनक, जिनसे सभी मर्त्य मानव अस्तित्व पाते हैं और जो स्वयं अमर है, उनकी कृपा मुझ पर बनी रहे ! परमात्मा मुझे उसकी सृष्टि से विमुख और मेरी तर्कबुद्धि की शक्ति को दिग्भ्रमित होने से बचाएँ तथा हमें कामकाजी जीवन में सुबुद्धि और उन्नति प्रदान करे !" अपनी पुस्तक, 'द लैंग्वेज ऑफ गॉड' में, फ्रांसिस एस कोलिन्स ने अनुमान लगाया है कि ब्रह्मांड बनाने का ईश्वर का इरादा ऐसे प्राणियों का पथ प्रदर्शन करना हो सकता है जिनके प्रति उनकी सहानुभूति और मैत्री भाव हो। ऐसा प्राणी मनुष्य ही हो सकता है। उन्होंने एक आनुवंशिक शोधकर्ता के रूप में अपनी निष्ठा और अनुभव का व्यक्तिगत विवरण दिया है। "दो दिन पहले मैं एकाएक सफल हुआ। अचानक बिजली की कौंध की भांति गुत्थी सुलझ गई। मैं खुद यह नहीं कह सकता कि मेरी सफलता कैसे संभव हो पायी।" चार्ल्स एच टाउन्स ने टिप्पणी की है: "कोई नहीं जानता कि नए विचार कहां से आते

~ एम. बी. शरण, पीएच. डी. ~

हैं। हमलोग सचमुच अनभिज्ञ हैं। ये ईश्वरीय ज्ञान की तरह है।"
जीवन में परिपूर्णता के लिए आध्यात्मिक पद्धति के सार्वभौमिक
सिद्धांतों का वर्णन करते हुए लेखक ने अन्त:प्रेरित क्रियाविधि
के बारे में उल्लेख किया है। वेदांत की व्याख्या है कि ऐसी
अकस्मात प्रेरणा सर्वोच्च ईश्वर (परमात्मा) से आती है, जो भीतर
से हर जीवित प्राणी का मार्गदर्शन करती है। लेखक ने पुस्तक
के आरंभ में, विवेकपूर्ण ढंग से अपनी पुस्तक ईश्वर को समर्पित
की है जिसने उन्हें "ईश्वर – एक आध्यात्मिक वास्तविकता"
पुस्तक लिखने के लिए प्रेरित किया है। लेखक ने वर्णन किया
है कि कैसे आध्यात्मिक जीवन प्रेम, शांति और सद्भाव को
विकीर्ण करता है। वास्तव में, भगवद्गीता शांति सूत्र का वर्णन
करती है। भगवान श्रीकृष्ण कहते हैं: "वह व्यक्ति जो मेरे प्रति
पूरी तरह से चैतन्य है, जिसे ज्ञात है कि सभी त्याग और तपस्या
का परम लाभार्थी मैं ही हूँ, मैं ही सभी ग्रहों और देवताओं का
सर्वोच्च ईश्वर हूँ, और जो मुझे ही सभी जीवात्माओं के अस्तित्व
का कारण और परम हितकारी मानता है, वह अपने भौतिक कष्टों
से निजात पाकर शांति प्राप्त करता है।" जब तक इस अमूल्य
अवधारणा को सभी संस्कृतियों और सभी देशों और समाजों
द्वारा आत्मसात नहीं किया जाता है, तब तक शांति कैसे स्थापित
हो सकती है? यह दर्शाता है कि आध्यात्मिकता में शांति स्थापना
अंतर्निहित है तथा इसमें चिरस्थायी शांति स्थापना का अचूक
उपाय है। वाकई आध्यात्मिक व्यक्ति क्षणभंगुर और अस्थायी
भौतिक चीजों को रखने का वृथाभिमान नहीं करेगा। लेखक ने
समर्थन किया है कि यदि मनुष्य अपनी इच्छाओं को कम कर

     ~ ईश्वर – एक आध्यात्मिक वास्तविकता ~

सके, तो शांति स्वत: व्याप्त हो जाएगी। ईशोपनिषद कहता है: "ब्रह्मांड के अंतर्गत चेतन या निर्जीव सब कुछ सर्वोच्च ईश्वर के नियंत्रण और स्वामित्व में है। इसलिए मनुष्य को केवल उन चीजों को ग्रहण करना चाहिए जो स्वयं के लिए आवश्यक हैं, बाकी दूसरों के लिए छोड़ देना चाहिए।" यह अल्पतमवाद के सिद्धांत को प्रतिपादित करता है और आवश्यकता और लालच के बीच विभेद बताता है। महात्मा गांधी कहते थे, "जितनी जरूरत है, उतनी रखें; लालच के कारण, उससे अधिक नहीं।" लेखक ने सही में सत्यता को एक दिव्य गुण के रूप में वर्णित किया है। करुणा, प्रेम, सम्मान, सत्यनिष्ठा आदि गुणों का विकास करना अनिवार्य है ताकि जीवन में बेहतर गुणों के लिए आध्यात्मिकता को अपनाया जा सके। विज्ञान में ईमानदारी का कुछ तत्व अभी भी विद्यमान है। सर्वव्यापी राजनीतिक भ्रष्टाचार से निराश और परेशान अर्नस्ट ने तो आधुनिक वैज्ञानिकों को राजनीति में भाग लेने तक की सलाह दे डाली थी। हमारे पूर्व राष्ट्रपति, ए. पी. जे. कलाम एक उज्ज्वल उदाहरण हैं। उनकी गहन टिप्पणी है कि आध्यात्मिकता धर्म का स्नातकोत्तर अध्ययन है जो हमारा मार्गदर्शन करता है। लेखक यकीन दिलाते हैं कि सर्वोच्च ईश्वर के अस्तित्व की अवैयक्तिक समुज्ज्वलता कारण और प्रभाव से परे है। लेखक ने अच्छी तरह से समझाया है कि आध्यात्मिक दर्शन में मन–शरीर की समस्या को हल करने की एक अनूठी प्रच्छन्न शक्ति है। प्रकृति के सार्वभौमिक नियमों की क्रमबद्धता, जीवन के अनंत सुंदर प्रत्यक्षीकरण, प्राकृतिक भव्यता, ऊर्जा क्षेत्र और असंख्य भौतिक अस्तित्व और अगम

जटिलताएँ आदि ब्रह्मांड में कई ऐसे प्रमाण हैं जो सृष्टिकर्ता की सर्वशक्तिमत्ता, सर्वोच्च प्रतिभा और कलात्मक दृष्टि को दर्शाता है। ईश्वर के अलावा और कौन ऐसी सर्वोच्च सत्ता हो सकती है?

प्रभात कुमार राय, एम. टेक.

फ्लैट नंबर 403, वासुदेवझरी अपार्टमेंट वेदनगर, रुकनपुरा,

पोस्टआफिस: बी. वी. कॉलेज,

पटना 800014

energy.adv2cm@gmail.com

“ईश्वर – एक आध्यात्मिक वास्तविकता” सभी के लिए एक नुस्खे के समान प्रतीत होती है। यह भौतिक और आध्यात्मिक तथ्यों का एक संतुलित सम्मिश्रण है जो हमें स्वयं और ईश्वर के करीब ले जाती है।

जीवन ऊर्जा का जिक्र करते हुए, यह पुस्तक मानसिकता के परिवर्तन के साथ-साथ ईश्वर के सर्वज्ञ, सर्वव्यापी और सर्वशक्तिमान होने की अवधारणा का समर्थन करती है। लेखक ने ब्रह्मांड में जीवन-ऊर्जा की सर्वव्यापकता का समर्थन करते हुये इसे आत्मा से जोड़ा है। वह आध्यात्मिक चेतना के मार्ग को दर्शाते हैं, तमाम भ्रम और विरोधाभास मिटा कर प्रेम, शांति और सद्भाव उत्पन्न करते हैं। लेखक आगे स्वयं और दूसरों के कर्मों को दोष मुक्त करने की बात भी करते हैं। सूक्ष्म शरीर में अंतर्यात्रा करने की सिफारिश भी काफी हृदयग्राही है। अहंभाव को नियंत्रित कर परिवर्तन लाने और हर पल आत्मानुभूति कर मौन

संवाद जैसी सिफारिशें वास्तव में लेखक द्वारा निर्धारित क्रमिक प्रक्रियाएँ हैं जो पाठकों के लिए इस सामग्री को आत्मसात करने में सहायक हो सकती हैं। व्यक्ति को विश्वास और श्रद्धा से जोड़ने के अलावा, इन प्रक्रियाओं से व्यक्ति के आध्यात्मिक भागफल में वृद्धि भी होती है। इससे पाठक श्रद्धा और विश्वास के जादुई प्रभाव का अनुभव भी कर सकता है।

ब्रज भूषण, पीएच० डी०

प्राध्यापक, मनोविज्ञान

श्री देवराज चेयर के अध्यक्ष,

मानविकी और सामाजिक विज्ञान के विभागाध्यक्ष

भारतीय प्रौद्योगिकी संस्थान,

कानपुर–208016

उत्तर प्रदेश, भारत

brajb@iitk.ac.in

———————————————

यह पुस्तक ईश्वर के अस्तित्व संबंधी जानकारी प्रदान करती है। ईश्वर के अस्तित्व की प्रकृति, सत्य और ज्ञान के दर्शन की व्याख्या करने वाले अध्यात्म विज्ञान को जानने के लिए ब्रह्माण्ड और उसके अस्तित्व की गहन समझ जरूरी है। डॉ एम. बी. शरण द्वारा रचित पुस्तक, "ईश्वर – एक आध्यात्मिक वास्तविकता" इस आशय की गहराई में जाकर सत्य को समझने का विषद प्रयास है। शिक्षाविद शरण अध्यात्म और ईश्वर की जटिल अवधारणाओं को तर्क तथा समुचित विवरण के साथ समझाते हैं।

अध्यात्म को परिभाषित करते हुए यह पुस्तक सही तरीके से आध्यात्मिक वास्तविकता, जीवन–ऊर्जा तथा ध्यानस्थ होकर ईश्वर को खोजने के तरीकों को व्याख्यायित करती है। लेखक ईश्वर की अंतस, अनंत ऊर्जा एवं सर्वव्यापकता को भली भांति प्रस्तुत करते हैं। प्रो. शरण अपनी मानसिकता को भौतिकतावादी चेतना से बदलकर आध्यात्मिक चेतना को जागृत करने पर जोर देते हैं। उनके अनुसार धर्म अनेक हैं पर ईश्वर एक है: यह ईश्वर की प्रकृति को प्रतिबिम्बित करता है – चाहे वह सरल हो या जटिल, सर्वशक्तिमान हो या अनंत या शाश्वत। एब्राहिमिक धर्म के अनुसार ईश्वर की स्वतंत्र रचना ब्रह्माण्ड की आकस्मिकता के आधार पर होती है। ग्रीक एवं कुछ अन्य धर्मों ने ईश्वर के शाश्वत स्वरूप को नकारा है। सनातन धर्म में दर्शन की छहों शाखाओं में शाश्वत ऊर्जा की अवधारणा को

व्याख्यायित किया गया है यथा परमाण्विक दर्शन, यूलुक कणाद, ध्यान, दैहिक मन का निग्रह, तथा आत्मा की संकल्पना, आदि। यह पुस्तक धर्म या नैतिकता, कर्म या ईमानदार कृत्य, आत्मा की परिशुद्धता या अविनाशी आत्मा और परम ज्ञान को प्राप्त करने के कई आध्यात्मिक तरीकों को बताती है। लेखक ने वैदिक दर्शन को नया आयाम दिया है। कैसे मानव मस्तिष्क स्वयं अपने ईश्वर की रचना करता है – इसकी गहन मनोवैज्ञानिक प्रक्रियाओं की चर्चा की है।

डॉ. शरण ने कोशिकाओं के व्यवहार, सूचना तंत्र, प्रोग्रामिंग तथा डीएनए कोड के महत्व की चर्चा भी की है। डिजिटल कोडिंग एवं जेनेटिक इंजीनियरिंग, जो ईश्वर की प्रस्थिति के करीब है, ऐसे आधुनिक विज्ञान से ईश्वर की रचना – मानव, जीव-जंतु, पेड़ – पौधे आदि, को दोहराया जा सकता है।

जीन के निकाय का विस्तार ब्रह्माण्ड जैसा विराट है। यह हैरान करने वाला तथ्य है कि डीएनए के लक्षण का अंतरण एक पीढ़ी से दूसरी पीढ़ी तक किसके नियंत्रण में होता है और किस तरह जेनेटिक कोड की संरचना होती है।

अंततः, आध्यात्मिकता वास्तविकता की गहरी खोज है जिसकी अनुभूति ब्रह्माण्ड के अस्तित्व तथा उसकी संरचना से संबद्ध है। इसकी रचना क्यों हुई तथा इसके नियंता कौन हैं? ईश्वर या परम सत्ता द्वारा निर्मित कोई संहति हमलोगों की समझ से परे है। अस्तित्ववादी सटीक ज्ञान के माध्यम से आध्यात्मिकता के साथ परम शक्ति का पता लग सकता है।

~ एम. बी. शरण, पीएच. डी. ~

ईश्वर आपत्ति के योग्य कदापि नहीं है और इसकी वास्तविक विशेषताएं अक्षुण्ण हैं। डॉ. शरण ने ईश्वर, काल और परोक्ष रूप से समझ में आने वाली वास्तविकता के बीच के संबंध को अंतर्दृष्टि प्रदान की है।

ललन प्रसाद सिंहा

पूर्व प्रबंध निदेशक,

बिहार राज्य हाइड्रोइलेक्ट्रिक पावर कारपोरेशन लिमिटेड

———————————————

 ~ ईश्वर – एक आध्यात्मिक वास्तविकता ~

: श्रद्धांजलि :

यह अत्यंत दुखद और स्तव्धकारी है कि श्रद्धेय ललन प्रसाद सिंहा जी का निधन दिनांक 24. 04. 2021 को हो गया। उन्होंने मेरी पुस्तक, *"GOD IS A METAPHYSICAL REALITY"* पढ़ने के बाद अपनी सम्मति मुझे जनवरी, 2021 में भेजी थी जिसका अनुवाद उपर्युक्त है। वे परम स्नेही, मृदुभाषी, तकनीकी विशेषज्ञ, कई पुस्तकों के लेखक, महान अध्येता तथा साहित्यानुरागी थे। उनके निधन से मुझे व्यक्तिगत क्षति हुई है। ईश्वर दिवंगत आत्मा को शांति और सदगति प्रदान करे!

लेखक

प्राक्कथन

ईश्वर के प्रति कृतज्ञता

मैं जब भी ईश्वर के बारे में सोचता हूं, अपनी किशोरावस्था का एक दृश्य मस्तिष्क में उभर आता है – 10 साल की उम्र में सन् 1954 में कई सहपाठियों के संग एक कक्षा में बैठा था और अपने डेस्क पर मुष्टि प्रहार कर रहा था। इसी दरम्यान वर्ग शिक्षक आए और हमें देख मुस्कुराने लगे। हमने उसी दौरान सीखा था कि कैसे आधुनिक विज्ञान ने यथार्थता की तह में जाने के लिए परमाणु के बारे में एक आश्चर्यजनक खोज की – जब आप परमाणु स्तर की गहराई में उतरते हैं, तो "वस्तुएं" ऊर्जा के स्वरूप में बदल जाती हैं – पदार्थ का कोई अस्तित्व नहीं रह जाता! !

हम आश्चर्यचकित ढंग से देख रहे थे और सोच रहे थे कि अगर कोई पदार्थ अन्दर से इतना विशाल है, तो हम अपनी लकड़ी की डेस्क में हाथ क्यों नहीं डालकर देख सकते?

हम में से किसी को भी थोड़ा भी अंदेशा नहीं था कि हम अपने अनुभवों में प्रकट होने वाले ईश्वर के आश्चर्य का सामना कर रहे थे। ईश्वर को हमारे सृष्टिकर्ता के रूप में जानकर अपनाएं और उसमें सहभागी बनें।

हाँ, यह कक्षा में एक भविष्यवाणीयुक्त पल था, काश हममें से कुछ को एहसास हुआ होता…. यह शायद वास्तविक सत्य को

 ~ ईश्वर – एक आध्यात्मिक वास्तविकता ~

प्रकट करने में ईश्वर का प्रत्यक्ष कृत था। शांतचित्त होकर अपने ब्रह्मस्वरूप का ध्यान करें! आप सच्चिदानंद हैं!

इन कुछ शब्दों के साथ मैं प्रिय पाठकों को चेतना में अपने प्रयोग के लिए सटीक सूत्र देता हूं—आप अपने लिए परम सत्य की खोज कर सकते हैं। ईश्वर वास्तव में हैं।

इतिहास सबूतों से भरा है कि यह सूत्र सही है, और यह प्रमाण पारलौकिक नहीं है! यह हमारे भीतर और बाहर, चारों ओर है – क्योंकि अंत: और बाह्य एक ही हैं (उन लोगों के लिए जो सत्य का अनुभव करते हैं—और ईश्वर सत्य है)।

आप परमेश्वर की वास्तविकता की सच्चाई को यथार्थ रूप में देखने में पूरी तरह से सक्षम हैं। आपको इस पुस्तक को पढ़ने का कष्ट नहीं करना चाहिए, खासकर तब जब आपका टहलने का मन कर रहा हो! बहुत से लोग भ्रमण के दरम्यान प्रकृति में ईश्वर का स्वरूप पाते हैं, न कि पुस्तक पढ़ते वक्त !

हाल के वर्षों में, फिर भी, कई किताबें ईश्वर के अस्तित्व के पक्ष या विपक्ष में बहस करती हुई प्रकाशित हुई हैं। इस रुचि को प्रेरित करने वाला क्या हो सकता है? क्या सत्य से ज्यादा महत्वपूर्ण कुछ है? क्या सत्य और भी महत्वपूर्ण हो रहा है?

इस संसार में व्याप्त भीषण गड़बड़ी के बीच यह सुकूनदायक प्रतीत होता है कि इन तमाम दृश्यों में प्रच्छन्नरूप से एक प्रखर प्रज्ञा क्रियाशील है। यह कल्पना करना, या उम्मीद करना, कि इसके पीछे एक ईश्वर है, यह आस्था से जुड़ा हो सकता है या यह समझने की शुरुआत कि ईश्वर का अस्तित्व क्यों अनिवार्य है।

~ एम. बी. शरण, पीएच. डी. ~

ईश्वर के पक्ष में तर्क हमें बुराइयों से बचाने की धारणा है। इसका मतलब है कि हमारे पास एक सहज अंतर्ज्ञान है कि चीजें किस तरह रहनी चाहिए ... यह "माना जा सकता है" कि अंतर्ज्ञान सृष्टिकर्ता के अस्तित्व को प्रकट करता है।

अगर कुछ रचने की बात करें तो, ईश्वर के पक्ष में एक और मुख्य तर्क यह भी है कि कोई प्रखर प्रज्ञास्रोत ब्रह्मांड की शुरुआत करने वाले "ग्रेट बैंग" को बनाने के लिए जिम्मेदार होना चाहिए।

इस तरह के तर्क, हालांकि वे थोड़े प्रतिभापूर्ण हो सकते हैं, यह धारणा देते हैं कि ईश्वर अगोचर हैं–एक भौतिक पदार्थ की बजाय एक कल्पना है।

यहाँ हम ईश्वर के प्रतीत होने वाले आध्यात्मिक प्रकृति से रूबरू हो जाते हैं। परमेश्वर न तो भौतिक कारण हैं, न ही एक नैतिक कारण हैं, बल्कि भौतिकता से परे या बाह्य कारण हैं। कभी-कभी हम भौतिकता को ही वास्तविकता मान लेते हैं, अतः यदि ईश्वर भौतिक नहीं हैं, पर वास्तविक हैं, तो ईश्वर निश्चित रूप से "किसी अन्य प्रकार की" (पारलौकिक) वास्तविकता हैं।

भौतिकता का वैसे भी विलोप हो रहा है, और विडम्बना पूर्ण ढंग से, इसके गायब होने से ईश्वर की वास्तविक उपस्थिति का पता चल सकता है।

वैज्ञानिक आज घोषणा कर रहे हैं कि भौतिक ब्रह्मांड वास्तव में पदार्थ (जैसे परमाणुओं और इलेक्ट्रॉनों) से नहीं बना है – बल्कि कल्पनाओं से, जो ऊर्जा के पैटर्न के रूप में, अनुभवजन्य है।

     ~ ईश्वर – एक आध्यात्मिक वास्तविकता ~

इन चीजों या यों कहूँ, विचारों को और जटिल बनाने के लिए, भौतिकविदों ने इस बात की सच्चाई की खोज की है– जैसा कि ग्रेड स्कूल में यदि कोई हमें चिढ़ाता था, तो हम कहते थे: "किसी को जानने के लिए जानकार होना जरूरी है!" भौतिकविज्ञानी इसे "अनिश्चितता का सिद्धांत" कहते हैं। "एक इलेक्ट्रॉन ही एक इलेक्ट्रॉन के अस्तित्व का पता कर सकता है।"

जब वह परमाणु के अंदर की गतिविधि जानने के लिए प्रकाश भेजता है तो वह प्रकाश भी इलेक्ट्रॉनों का एक स्प्रे होता है जो उस परमाणु से टकराता है जिसकी जाँच वैज्ञानिक कर रहे हैं। परमाणु से टकराकर, इलेक्ट्रॉन एक साथ परमाणु की उपस्थिति का पता लगाता है और इसे थोड़ा आगे भी बढ़ाता है। इस प्रकार द्रष्टा दृष्ट को प्रभावित करता है, इसलिए वास्तविकता के बारे में परम सत्य जानने की हमारी क्षमता के बारे में अनिश्चितता है, बिना विचार किए कि कौन देख रहा है और कैसे।

कुछ वर्षों के बाद, परम वास्तविकता के ज्ञान के लिए इस निराशाजनक अवरोध ने एक बौद्धिक, दार्शनिक अवसाद शुरू किया जिसे "उत्तर आधुनिक" क्रांति, या दर्शन के रूप में जाना जाता है। उत्तर आधुनिक दृष्टि का मूल विषय यह है कि हमारे लिए यथार्थ रूप से कोई वास्तविकता उपलब्ध नहीं है, वास्तविकता के बारे में केवल कहानियों का एक संग्रह है।

फिर भी, हमारा विषय वस्तु यहाँ, जिसकी चर्चा अवधारणा के रूप में की जानी है, यह है कि ईश्वर एक आध्यात्मिक वास्तविकता हो सकते हैं। लेकिन एक अनुभव के रूप में, ईश्वर

पारलौकिक *नहीं है, बल्कि स्वयं विद्यमान होने की वास्तविकता है। ईश्वर की वास्तविकता की अभिचेतना आप को अपने निकट से ही आ रही हो !*

कुछ चीजें चल रही हैं। यह आपको प्रभावित कर रही हैं। ये चीजें ईश्वर के लिए भी उलझाव हो सकती हैं। ऐसा लगता है कि ईश्वर गतिमान हैं। खेल जारी है, और ईश्वर एक शानदार रहस्योद्घाटन साझा करने वाले हैं। आप पहले से ही कुछ शुरुआती कृत्यों का अनुभव कर रहे हैं। कुछ पृथ्वी में परिवर्तन को निर्दिष्ट करते हैं, जैसे कि वर्तमान जलवायु परिवर्तन। इस तरह के बदलाव कुछ अन्य चीजों की तुलना में रंचमात्र हो सकते हैं, लेकिन हम वहीं से शुरुआत कर सकते हैं।

इस बारे में सोचें कि क्या हुआ जब हमें पता चला कि प्रदूषण राजनीतिक सीमाओं के अस्तित्व को नहीं मानता है। यह साधारण तथ्य प्रभावित संप्रभु देशों के राजनेताओं के लिए बेहद चुनौतीपूर्ण रहा है। क्षुब्ध राष्ट्र मांग करता है कि आघात पहुंचाने वाले राष्ट्र अपना व्यवहार बदलें। आघाती राष्ट्र का जवाब है कि वे संप्रभु हैं और कोई अन्य राष्ट्र उन्हें नहीं बता सकता है कि क्या करना है। मुठभेड़! सीमा पार सहयोग के बिना इस पहेली का कोई समाधान नहीं।

नक्षत्रों की बदलती स्थिति ईश्वर के इस खेल को जानने में एक अच्छी चीज प्रदान करती है। हालांकि, यह मात्र एक उदाहरण है, और आंखों में एक कण सदृश है, जब अन्य कई प्रकार की चीजें भी हैं जो सीमाओं को नहीं मानते हुए कार्यशील हैं। इतने सारे

~ ईश्वर – एक आध्यात्मिक वास्तविकता ~

तरीकों से यह हो रहा है, जो व्यक्तिगत फैलाव के मनोभाव पर भी प्रभाव डालता है—या आप में एक स्वीकरण लाना है कि आप एक विराट परिवार के सदस्य हैं, जो आपके दृष्टिकोण पर निर्भर करता है। दृष्टिकोण बहुत महत्वपूर्ण हो जाता है जब सीमाएं विलीन हो जाती हैं।

सीमाहीनता के हमारे अगले विवेचन में, आइए देखें कि इलेक्ट्रॉनिक, डिजिटल क्रांति और "बौद्धिक संपदा" की सीमा के साथ क्या हुआ है। संगीत आमने-सामने के अनुभव के रूप में शुरू हुआ। फिर उनको प्रसारित करने के लिए रिकॉर्ड और रेडियो थे। फिर टेप रिकॉर्डर ने संगीत को कॉपी करने की सुविधा दी। फिर सीडी और इंटरनेट का चलन आया और संगीत डिजिटल हो गया। अब संगीत फ़ाइलें टेलीफोन पर भेजी जा सकती हैं एवं कई अन्य उपकरणों पर इसे सुना जा सकता है। यही बात किताबों के साथ भी हुई। लेखकों, कलाकारों, संगीतकारों को अपने आय स्रोत की रक्षा के लिए एक नया तरीका खोजना पड़ा। परिणाम स्वरूप, एक रचनात्मक कलाकार और दर्शकों के बीच की सीमा को कम किया जा रहा है। नए इलेक्ट्रॉनिक संचार उपकरणों का उपयोग कलाकार को अपने दर्शकों से ऐसे संबंध बनाने में सक्षम बनाता है जिससे सीमित आमदनी के नुकसान की भरपाई होती है।

क्या हुआ जब एक ऐसी बीमारी आई जो शरीर की सीमाओं का सम्मान नहीं करती है? एड्स के सबक पर विचार करें तो शरीर में ऑटो-इम्युनिटी प्रक्रिया टूट जाती है और अब शशरीर से क्या

संबंधित है और क्या नहीं, इसके बीच भेद नहीं किया जा सकता है। एक सामान्य जैविक सीमा के टूटने पर हमारी प्रतिक्रिया क्या थी? कंडोम के साथ सीमा का पुनर्निर्माण करें, या बेहद चयनात्मक रहें जिनके साथ आप शरीर के तरल पदार्थ साझा करते हैं, या दोनों। एक सीमा के मिटने पर अपनी चेतना को विस्तारित करने की स्थिति पैदा हुई।

जब मैं इसे 2020 के अंत में लिख रहा हूँ, कोरोना वायरस की तबाही एक समान उदाहरण के रूप में तुरंत मेरे दिमाग में आती है। हमने जिस तरह से सामना किया है, उसमें विभाजन कुछ ऐसा है जिसे हम एक आबादी के रूप में आनेवाले वर्षों में देखेंगे। मूल अमेरिकी होपी की भविष्यवाणी "सड़क में दो रास्ते" प्रकट होने की बात कहती है, जिसका अर्थ है दो प्रतिक्रियाएं, दो दृष्टिकोण। उदाहरण के लिए, परिवर्तन की व्याख्या करने वाले विज्ञान में, हम समझते हैं कि लचीलापन और एक सकारात्मक दृष्टिकोण अति जीवता के लिए हितकर होता है, जबकि परिहृढता और एक नकारात्मक रवैया अतिरिक्त समस्याएं पैदा करता है और अतिजीवता को बाधित करता है।

यह वायरस अन्य संकटों से भिन्न है जो एक साथ इकट्ठा होने के तरीके को प्रभावित कर रहा है। आमने-सामने की बैठकों से बचने के लिए इंटरनेट पर आभासी वास्तविकता बैठकों के गहन विकास को प्रोत्साहन मिला। शारीरिक निकटता के स्थान पर आभासी या आध्यात्मिक निकटता को नया आयाम मिला। इलेक्ट्रॉनिक्स में गहन निवेश को छोड़कर, मेलजोल की

भौतिकता अभिप्राय के तौर पर बेहद कम हो गई है। किसी स्थान की सीमाएं जो आम तौर पर लोगों को अलग करती हैं, अब उन्हें एक आभासी नभोमंडल में एक साथ ला रही हैं, जहां हम अब उन लोगों के बीच अंतर नहीं कर सकते हैं जो भौतिक रूप से परस्पर बातचीत के दायरे में हैं या जो काफी दूर स्थित हैं।

सीमाएं हमें विकल्पों के बीच अंतर समझने में मदद करती हैं। हमें सही ओर रहने और टक्कर से बचने में मदद करने के लिए सड़क पर पीले रंग की पट्टी का उपयोग किया जाता है। कुछ मायनों में, सीमाएं "बाइनरी (युग्म)" हैं, जिसमें एक सीमा के दो पहलू हैं, अंदर और बाहर। अब विचार करें कि कामुकता का क्या हो रहा है। अब हम मानते हैं कि कामुकता "गैर-बाइनरी" हो सकती है। इसका मतलब है कि जब आप एक आदमी को देखते हैं, और वह "पुरुष" की तरह प्रतीत नहीं होता है, लेकिन "स्त्री" की तरह लगता है, और यदि आप नहीं जानते कि वाकई में वह क्या है तो आप इस तरह की प्रतिक्रिया जाहिर कर सकते हैं, मगर यह अनुचित होगा। यह एक अच्छा उदाहरण है यह जानने के लिए कि सीमा हीनता दूसरों में किस तरह तीव्र, यहां तक कि उग्र, आवेग पूर्ण प्रतिक्रियाओं को तत्काल संवेगित कर सकती है।

मानव मस्तिष्क का अन्य मनुष्यों, जीवित अथवा मृत, पौधों, जानवरों और आध्यात्मिक प्राणियों के साथ मानसिक संपर्क स्थापित होने से एक गूढ़ सीमा का विलय होता जा रहा है। मैं बाह्य संज्ञाकेन्द्रीय-अनुभूति (ईएसपी) या मानसिक अभिचेतना

की बात कर रहा हूं। हालांकि सेल फोन ने चेतना संवहनीय संचार (टेलीपैथी) की कुछ ज़रूरतों को मिटा दिया है, लेकिन हमने फिर भी इसे अनुभव किया है, चमत्कारी रूप से।

जब मैं लोगों से पूछता हूं कि क्या उन्होंने कभी ऐसा कुछ अनुभव किया है जिससे ईएसपी का संकेत मिलता हो, तो सबसे आम जवाब एक "दैवसंयोग" के बारे में एक कहानी होती है जहां एक व्यक्ति किसी दोस्त के बारे में सोच रहा है, और तत्क्षण उस दोस्त का फोन आ जाता है या उसी दिन उस दोस्त की चिट्ठी आ जाती है। न केवल प्रयोगशालाओं ने मानसिक चमत्कारों के अस्तित्व की पुष्टि की है, लोगों ने इनका उपयोग दूसरों से संवाद स्थापित करने, कार्य पूर्ण करने, रचनात्मकता, सहयोग और यहां तक कि उपचार करने हेतु भी किया है।

कुछ लोगों को इस प्रकार का ईएसपी अनुभव "सनसनीपूर्ण" लगता है, जो व्यक्तिगत सीमाओं में उल्लंघन के बारे में एक दिलचस्प निरूपण है। आज बहुत से लोग "समानुभूति" (इम्पैथ) होने की शिकायत कर रहे हैं, क्योंकि वे अन्य लोगों के विचार-प्रवाह और भावनात्मक अनुभूति के बौछार को नहीं रोक सकते हैं। उन लोगों में से कुछ 'किंडर गार्टन' में पढ़ाया 'एक को जानने के लिए दूसरे की जरूरत पडती है' याद करते हैं और वे अपने बारे में दूसरों की धारणाओं का खुद ही पता करना सीखने लगते हैं।

एक दूसरे के साथ हमारे संबंध मात्र "भौतिक" नहीं हैं, जैसा कि भोजन और हवा को साझा करने में है, बल्कि ईश्वरीय या

आध्यात्मिक प्रकृति का है। भले ही यह हमें प्रतीत होता है कि हम अन्य लोगों, प्राणियों, जीवन स्वरूपों और वस्तुओं से भिन्न हैं, पर इनमें एक अंतर्निहित समानता है। यह किस चीज से बना है? यह कई आधुनिक वैज्ञानिकों और प्राचीन दार्शनिकों के अनुसार स्वयं चेतना प्रतीत होता है। आपको क्या लगता है? परमसत्ता? मूलभूत अभिचेतना जैसे ब्रह्मोस्मि अहं ?

यदि आप जगत के अपने अनुभव को सत्य मानते हैं, तो यह मात्र एक "वैकल्पिक तथ्य" है कि दुनिया एक भ्रम जाल है। यह वैकल्पिक तथ्य "माया" के नाम से जाना जाता है। वेदांत के हिंदू अद्वैतवादी (नॉनड्यूलिस्ट) विचारधारा में, समरूपता का चैतन्य आत्मज्ञान, "मैं" हूं के आत्मज्ञान से यह बोध होता है कि सभी प्रतीति द्वैत भावना के भ्रम के कारण है। दृष्टि– भ्रम इसे प्रमाणित करता है कि हम मस्तिष्क प्रोग्रामिंग का अनुभव करते हैं, बाह्यजगत का नहीं। एक जागृति, इस व्यक्त तथ्य का एक चैतन्य अहसास, जिसे "प्रबोधन" कहा गया है, उसका मूल सिद्धांत है।

ऐसे संकेत हैं कि यह अनुभव अधिक से अधिक सामान्य हो रहा है। एक अंतरराष्ट्रीय संघ है– गैर-द्वैत अभिचेतना (scienceandnonduality.com) जो इसे कैसे आवर्धित करें, के अध्ययन के लिए समर्पित है। मैं क्यों सीमाओं के विलोप और गैर-द्वैतवाद के इस दृश्य वस्तु से आपको सचेत कर रहा हूं? इसका ईश्वर से क्या लेना-देना है? क्योंकि वास्तविकता के निर्माण और ईश्वर के अस्तित्व और जीवनी के बारे में पुरातन कथाएं दो समान चीजों के साथ-साथ उपयोग सीमाओं को

~ एम. बी. शरण, पीएच. डी. ~

दर्शाते हैं। इन कहानियों में, इतिहास एक सीमा से शुरु होता है और उस सीमा को हटाने के साथ समाप्त होता है।

ईडन गार्डन में आदम और हव्वा की कहानी में, मनुष्यों और ईश्वर के बीच दरार आती है। परिणाम क्या हुआ? अश्लील वस्तु को छिपाने के लिए एक सीमा का इस्तेमाल किया गया। यह आज भी काम करता है, एक सलीकेदार ढंग से, हमें अपने सत्य निज को पूर्ण रूप से प्रकट नहीं करने देता है।

"संसार के अंत" के बारे में कहानियां "सर्वनाश" का उल्लेख करती हैं। इस शब्द का अनुवाद "अनावरण करने" के रूप में होता है। इसे "पर्दा उठाने" के रूप में भी संदर्भित किया गया है। यह "सामान्य" जगत और बहुत बड़ी आध्यात्मिक दुनिया के बीच एक सीमा को हटाने की भांति प्रतीत होता है जो हमारे दैनिक ध्यानाकर्षण की तुलना में अधिक "वास्तविक" है।

दूसरे शब्दों में, हमारे गहरे अंतर्तल, जहां से ये कहानियां निकलती हैं, हम महसूस करते हैं कि हमारी आध्यात्मिक यात्रा सृजन, अलगाव और फिर एक दिन जुड़ने की रही है। यह एक सीमा बनाने और फिर उसे पार करने की कहानी है। यही कारण है कि ईश्वर के अनुभव के मार्ग में आपके द्वारा सीमाओं के उपयोग पर ध्यान देना आवश्यक है।

गैर-द्वैत आत्म-चेतना के लिए प्राचीन आदर्श वाक्य है : "शांतचित्त होकर जानें, मैं ब्रह्मस्वरुप हूं! आप सब भी वही हैं!"

भगवान- प्राप्ति शांतचित्त बैठने और सत्य के प्रति चैतन्य जैसी साधारण चीज है।

व्याकुल आत्मा के लिए, कुछ गतिविधियाँ हैं जो ईश्वर के अनुभव में सहायक पाई गई हैं।

कन्फ्यूशियस ने प्रकृति के प्रतिरूपों में ईश्वर का अनुभव किया।

अब्राहम ने मानवीय आचरण के नियमों में ईश्वर का अनुभव किया।

यीशु ने परमेश्वर को अपने पिता के रूप में अनुभव किया।

कार्ल जंग ने सपनों, पौराणिक कथाओं और बीमारी में ईश्वर की प्रज्ञता का अनुभव किया।

एडगर केसी ने अपनी आत्मा के भीतर सभी के लिए ईश्वर के प्रेम को पाया जिसे हर किसी को एक-दूसरे को बांटना चाहिए।

डगलस हार्डिंग ने पाया कि वह एक नासमझ की भाँति दुनिया का अनुभव करके अलगाव के भ्रम को झट से तोड़ सकता है।

और हम, प्रिय पाठक, ईश्वर का अनुभव जिस तरीके से चाहते हैं कर सकते हैं। मैंने यह उक्ति सुनी है, "सभी रास्ते ईश्वर की ओर ले जाते हैं।" हालांकि सत्य है, फिर भी, कुछ आजमाए गए और सच्चे तरीके हैं। मैं अपना तरीका साझा करता हूँ, अगर आप मुझे सुनना चाहते हैं तो मेरी यह सात मिनट की प्रार्थना सुन सकते हैं: *http://henryreed.com/ih.mp3* और इसे दूसरों के साथ बेधड़क साझा भी कर सकते हैं। आज जब मैं यह प्राक्कथन लिख रहा हूं, अमेरिका में धन्यवाद दिवस है। मैं इस प्रकार अपना आभार व्यक्त करता हूं:

~ एम. बी. शरण, पीएच. डी. ~

सबसे पहले, मैं जीवित हूं और सांस ले रहा हूं, घन्यवाद। जिस प्रकार मैं सांस लेने के एहसास के साथ सहानुभूति रखता हूं, मैं अनुभव करता हूँ कि निःश्वास एक प्राकृतिक शिथिलन है, छोड़ने की प्रक्रिया। अतः मैं ईश्वर पर सब छोड़ता हूं और ईश्वर ही मेरा मार्गदर्शन करें। प्रत्येक सांस के साथ, मैं और ज्यादा भरोसा कर सकता हूं। जैसे– जैसे सांस लेते हुए मैं जीवन के उपहार का अनुभव करता हूँ, मेरा दिल कृतज्ञता में प्रफुल्लित हो जाता है। अगर मैं अपने मुख को थोड़ी मुस्कान की अनुमति देता हूं, तो मैं किसी भी शेष झिझक को छोड़ देता हूं और सांस के उपहार के लिए शुद्ध आभार में द्रवित हो जाता हूं। मैं अपने दिल की सुनता हूं और यह मुझे यकीन दिलाता है कि ईश्वर का प्यार ही दुनिया को संचालित कर रहा है, और इस तथ्य से अवगत होना ही साक्षात स्वर्ग है!

एक अच्छा जीवन जीना, दूसरों के साथ ईश्वर का उपहार साझा करना, वाह! कैसा नाट्य है! और इस दल में आते हैं हमारे अच्छे दोस्त और सहयोगी एम. बी. शरण, पी. एच. डी., और शामिल हो जाते हैं यह उजाकर करने के लिए कि ईश्वर के प्रति चैतन्य कितना लाभप्रद है। उन्होंने पहले भी कई किताबें लिखी हैं, जिनका मैंने अपनी बेहतरी के लिए अध्ययन किया है। वह उदारता पूर्वक हमें अब अपने अध्ययन जनित दृष्टिकोणों से अवगत कराते हैं, जो व्यक्तिगत, बौद्धिक एवं आध्यात्मिक शोध द्वारा समर्थित हैं, कि कैसे ईश्वर के अनेकों आशीर्वादों से होने वाले फायदों को पहचानें। मुझे विश्वास है कि आप उनके शब्दों में प्यार भरे हृदय को महसूस कर सकते हैं जिसने उदात्त

 ~ ईश्वर – एक आध्यात्मिक वास्तविकता ~

भावनाओं को समझने योग्य वाक्यों में ढालने के प्रयास को प्रेरित किया है। डा. शरण आपके साथ उन दृष्टिकोणों, गतिविधियों और कार्य-कलापों को साझा करना चाहते हैं जो किसी व्यक्ति और ईश्वर में घनिष्ठता स्थापित कर सकते हैं, और वह सब कुछ – जिसमें **आप** और **मैं** भी शामिल हैं! ईश्वर का शुक्र गुजार हूँ!

हेनरी रीड, पीएच. डी.

फ्लाइंग गोट रांच

3777 फॉक्स क्रीक रोड

माउथ ऑफ़ विल्सन, वर्जीनिया,

संयुक्त राज्य अमेरिका 24363–3136

starbuck@ls.net

"Sacred Marriage: A Divine Union of the Masculine and Feminine Soul, Mind, and Body" के दूसरे संस्करण को लिखने के बाद मेरी कोई भी पुस्तक लिखने की इच्छा नहीं थी। लेकिन इसी बीच, मुझे ब्रेन (2015) द्वारा लिखित एक पुस्तक, **How "God" Works: A logical inquiry on faith** पढ़ने का मौका मिला। चूंकि लेखक ने ईश्वर, आस्था, विश्वास, धर्म, प्रार्थना आदि की जांच तार्किक और वैज्ञानिक तरीके से की थी अतः उन्हें इन सभी के लिए कोई प्रमाण नहीं मिला। उसी पुस्तक ने मुझे प्रेरित किया कि मैं "God is a Metaphysical Reality" जैसी एक नई पुस्तक लिखूँ जो लोगों को अपने अनुभव, अहसास, प्रज्ञा, आदि आत्मपरक विधि द्वारा ईश्वर को जानने को प्रेरित करे। लगभग एक महीने तक मैं चिंतन करता रहा। और अंत में, मैंने इस विषय पर लिखने का निश्चय किया। इसलिए मैं पहला धन्यवाद मार्शल ब्रेन को देना चाहूँगा।

मैं हेनरी रीड के प्रति अपना आभार व्यक्त करना चाहूँगा जिन्होंने इस पुस्तक के लिए प्राक्कथन लिखने की स्वीकृति प्रदान की है। वही ऐसे व्यक्ति हैं जिन्होंने मुझे अंतर्ज्ञान, अति-चेतन मन, विवेक, आत्मीय संबंध, स्वप्न, आदि के क्षेत्र में लिखने के लिए प्रेरित और प्रोत्साहित किया। आज भी मुझे याद है कि मेरा पहला लेख, जिसे मैंने IIT, Bombay में प्रस्तुत किया था और

जो अंतर्ज्ञान (Intuition) पर था, उसके अध्ययन के बाद उन्होंने लिखा था कि "मैं सम्मानित महसूस करता हूँ कि मुझे अपने ऑनलाइन पत्रिका**(Intuitive-Connections Network)** के लिए इस प्रकार का लेख मिला।" उसके बाद से मेरी कई रचनाएँ उन्होंने उस पत्रिका में प्रमुखता से प्रकाशित की थीं। इतना ही नहीं, उन्होंने मेरी पुस्तक, "Metaphysical Realities in Psychology and Management" के लिए भी मर्मस्पर्शी प्राक्कथन लिखा था। इन्हीं सब कारणों से मैं उन्हें **अपना गुरु, मार्गदर्शक और दार्शनिक मानता हूँ।**

डेविड मुचलर ने भी मेरी पुस्तक, **"The Psychology of Super-Conscious Mind"** के लिए प्राक्कथन लिखकर मुझे अति प्रभावित किया था। मैंने उनकी प्रसिद्ध पुस्तक, **"Beyond the Ego"** से बहुत कुछ सीखा है। मैं इन सब के लिए उनके प्रति हार्दिक धन्यवाद ज्ञापित करता हूँ।

श्री प्रभात कुमार राय (बिहार के मुख्यमंत्री के पूर्व ऊर्जा सलाहकार) ने मेरी पिछली पुस्तक, **"Sacred Marriage: A Divine Union of the Masculine and Feminine Soul, Mind, and Body"** के लिए विद्वत्तापूर्ण प्राक्कथन लिखा था जिसकी प्रशंसा कई पाठकों ने की थी। इसके अलावा, वे हमारे स्कूल, श्री सीता राम सरस्वती विद्या मंदिर, वलीपुर से संबंधित समस्याओं का समाधान भी करते रहे हैं। मेरी पुस्तक, "God is a Metaphysical Reality" के हिन्दी अनुवाद, जिसे Flippro Services

Private Ltd., Ghaziabad ने किया है, का गहन अध्ययन कर उसे उत्कृष्ट बनाने में भी उन्होंने अपना कीमती समय दिया है। मैं उनके सहयोग के लिए उनका तथा अनुवादक का आभारी हूँ।

मेरे कुछ पेशेवर सहयोगियों ने, जैसे प्रो. जनक पांडेय, प्रो. लीलावती कृष्णन, प्रो. गिरीश्वर मिश्र, प्रो. दामोदर सुआर, और प्रो. ब्रज भूषण, जो उच्च अकादमिक पद पर आसीन रहे हैं और मनोविज्ञान के क्षेत्र में अपने अनुसंधान और प्रकाशनों के लिए जाने जाते हैं, मेरी पुस्तकों को पढ़कर अपने विचार व्यक्त किए हैं। मैंने उन सब के अभिमत "What some scholars say about this book" शीर्षक के अंतर्गत डाला है। इस बार भी उनमें से कुछ लोगों ने अपने विचार व्यक्त किए हैं जो पुस्तक में प्रकाशित है। मैं इन सब का दिल से आभारी हूँ।

मैं अपनी सुपुत्री, श्रीमती गौरी कुमार के प्रति धन्यवाद व्यक्त करना चाहूँगा जिसने मेरी पुस्तक की पांडुलिपि को बहुत सावधानी और सूक्ष्मता से पढ़ा है और इस पुस्तक को गलतियों से मुक्त करने में अपना सहयोग दिया है। मैं उसकी प्रूफरीडिंग की क्षमता की सराहना करता हूँ।

एक पुस्तक लिखने के लिए, लेखक को इंटरनेट पर कई पुस्तकों और संबंधित लेखों को अर्जित करना और पढ़ना होता है। मैंने भी वैसा ही किया है जिसमें मेरी अपनी किताबों के साथ-साथ कई अन्य पुस्तकों से कुछ पंक्तियाँ उद्धृत की गई हैं। मैंने उन सभी नामों को उनके प्रकाशनों के वर्षों के साथ संदर्भसूची में शामिल

करने की पूरी कोशिश की है। इस प्रक्रिया में संभव है, एकाध नाम छूट गया हो। यदि ऐसा हुआ है तो मैं ईमानदारी से उनसे क्षमा याचना करता हूँ।

चूंकि हमलोग जीवन के उत्तरार्ध में हैं और गांव में रह रहे हैं, इसलिए हमें अकसर छोटी- मोटी समस्याओं का सामना करना पड़ता है। ऐसे में ये दो नौजवान- कन्हैया कुमार और राकेश कुमार हमेशा हमारी मदद करने के लिए तैयार रहते हैं। मैं इसके लिए अपने ईश्वर का आभारी हूँ और दोनों को बहुत-बहुत शुभकामनाएँ देता हूँ।

अंत में मैं अपनी धर्मपत्नी, श्रीमती सविता शरण, जो सदा मेरे लिए प्रेरणा और रचनात्मक ऊर्जा का महत्वपूर्ण स्रोत रही हैं, के प्रति अपना सच्चा प्यार और आभार व्यक्त करता हूं। मैं अपने ईश्वर से प्रार्थना करता हूँ कि वे अगले जन्म में भी उन्हीं को मेरी जीवन संगिनी बनाएँ।

एम. बी. शरण

परिचय

"ब्रह्मांड में, ऐसी चीजें हैं जो अज्ञात हैं,

और बीच में, दरवाजे हैं।"

--विलियम बेक

ईश्वर की अवधारणा परम सत्ता के अस्तित्व और वास्तविकता के बारे में आध्यात्मिक प्रश्न उठाती है। चूंकि भौतिक विज्ञान ईश्वर के अस्तित्व और वास्तविकता को साबित नहीं कर सका, इसलिए आध्यात्मिक विज्ञान हमारी मदद करने के लिए आगे आया। यह विज्ञान ईश्वर की वास्तविकता की विशेषताओं को समझाने से संबंधित है जो भौतिक जगत और हमारी पांच इंद्रियों की समझ से परे है। प्रेम, आत्मा, आध्यात्मिकता, यहाँ तक कि ईश्वर के अस्तित्व एवं उनके गुणों जैसे यथार्थ तथ्यों को स्पष्ट करने में भी यह बहुत सफल रहा है।

आध्यात्मिक विज्ञान क्या है?

यह दर्शन शास्त्र की एक शाखा है जो मन और पदार्थ के बीच, पदार्थ और गुणों के बीच, एवं संभावना और वास्तविकता के बीच के संबंधों की मौलिक प्रकृति की जांच करती है। यह चीजों के मौलिक सिद्धांतों से संबंधित है, जिसमें जीव, ज्ञान, काल और अंतरिक्ष, ऊर्जा और शक्ति आदि भी शामिल हैं। यह परमात्मा के ज्ञान के लिए एक नई मानसिक क्रिया है जो ब्रह्मांड

की गहरी वास्तविकताओं, शाश्वत वस्तुओं और जो चीजें बाह्य और इंद्रिय-ग्राह्य दायरे से ऊपर और परे हैं, उनका समर्थन करती है। यह नई प्रवृति खुद को परम सत्य के साथ संबद्ध करती है – खासकर दैनिक जीवन के सभी क्रिया-कलापों में उस सत्ता के परम सत्य के व्यावहारिक विनियोग के साथ। यह ईश्वर की वास्तविकता को ही एक परम सत्य के रूप में महत्ता प्रदान करती है।

आध्यात्मिक वास्तविकताएं क्या हैं ?

आध्यात्मिक अध्ययन सामान्यतः वास्तविकता के अंतर्निहित या सार्वभौमिक तत्वों की व्याख्या करती है जो हमारे रोजमर्रा के जीवन में आसानी से पाये या अनुभव नहीं किए जाते हैं। अत: यह वास्तविकता की विशिष्टता को समझाने से संबंधित है जो स्थूल जगत और भौतिक इंद्रियों की पहुँच से परे हैं। कोई नहीं जानता कि ब्रह्मांड में कितनी भौतिक और आध्यात्मिक वास्तविकताएं हैं। फिर भी, यह कम-से-कम दो होनी चाहिए: भौतिक और आध्यात्मिक। भौतिक द्रव्यमान और पदार्थ से संबंधित है, और आध्यात्मिक, ऊर्जा या चिंतन शक्ति से संबंधित है। कारण और प्रभाव सम्बन्धों के अनुसार, भौतिक पदार्थ दृश्यमान है जबकि आध्यात्मिक, अदृश्य। भौतिक वास्तविकता के कुछ अवयवों की व्याख्या में वैज्ञानिक बहुत हद तक सफल रहे हैं। लेकिन उन्होंने आध्यात्मिक वास्तविकताओं से अपने "हाथ खड़े कर लिए" हैं क्योंकि उन्हें इसके लिए कोई सबूत नहीं मिल पाया है। विज्ञान और धर्म की अपर्याप्तता को महसूस करते

हुए, आध्यात्मिक विज्ञान ईश्वर और मानव आत्मा जैसी वास्तविकताओं को समझाने के लिए आगे आया है। हालांकि, ये सभी जानकारियाँ पूर्ण रूप से आस्था, विश्वास और श्रद्धा पर आधारित हैं (शरण, 2011)।

जहाँ तक संख्या की बात है; परम वास्तविकता की संख्या केवल एक है – परमात्मा। हमारा पूरा ब्रह्मांड परमात्मा से परिपूर्ण है जो हर समय ऊर्जा के रूप में स्पंदन कर रहा है। भौतिक क्षेत्र में ऊर्जा का कंपन अत्यंत न्यून होने के कारण उसे भौतिक इंद्रियों द्वारा जाना जा सकता है। किन्तु जीवन-ऊर्जा अथवा ईश्वर-ऊर्जा का कंपन तीव्रतम होने के कारण उसकी अनुभूति इंद्रियों द्वारा नहीं हो सकती है।

जीवन-ऊर्जा क्या है ?

बुनियादी स्तर पर, जीवन-ऊर्जा सभी जीवों में मौजूद है। शरीर कार्यशील है क्योंकि जीवन-ऊर्जा सभी आवश्यक प्रक्रियाओं को चलाती है। हम इस जीवन-ऊर्जा के कारण जीवित हैं और सांस ले रहे हैं। जब हमारी मृत्यु होती है, तब यह जीवन-ऊर्जा बाहर निकल जाती है और परमात्मा में विलीन हो जाती है। यही कारण है कि जीवन-ऊर्जा को ईश्वर-ऊर्जा, आत्मा या प्राण-वायु के रूप में भी जाना जाता है।

खुली आँखों से ईश्वर की खोज में:

हम सभी खुली आँखों से ईश्वर की खोज में हैं – मंदिर, मस्जिद, चर्च, और अन्य धार्मिक स्थलों पर। लेकिन हम उन्हें वहां नहीं पाते हैं। हम बार-बार उन्हें जंगल, पहाड़ जैसे विभिन्न स्थानों में

     ~ ईश्वर – एक आध्यात्मिक वास्तविकता ~

भी ढूँढने की कोशिश करते हैं। लेकिन फिर भी हम उन्हें नहीं पाते हैं। इसी प्रकार यह खोज जीवन पर्यन्त चलती है, परन्तु सब व्यर्थ। अंततः, जब हम अपनी आँखें बंद करते हैं, तब अपनी आंतरिक दृष्टि के माध्यम से हर जगह ईश्वर को अनुभव करते हैं।

लेकिन इस अनुभूति के लिए, हमें इन उपायों को करना होगा:

1. हमें अपनी मानसिकता बदलनी होगी।

2. भगवान के प्रति अपनी अवधारणा बदलनी होगी।

3. विश्वास करना होगा कि ईश्वर आत्मा के रूप में हमारे अंदर ही मौजूद है।

4. शांत मन से यह महसूस करना होगा कि हमारी आत्मा ही शुद्ध ऊर्जा है।

5. एहसास करना होगा कि यही शुद्ध ऊर्जा पूरे ब्रह्मांड में ईश्वर के रूप में हर जगह विद्यमान है।

इस पुस्तक का उद्देश्य:

इस पुस्तक का उद्देश्य पाठकों को यह एहसास कराना है कि ईश्वर को हर जगह ऊर्जा के रूप में महसूस किया जा सकता है – केवल उपरोक्त पाँच उपायों को अपनाकर। कोई भी व्यक्ति खुली आंखों से, ईश्वर के प्रति अपनी मानसिकता और अवधारणा को बदले बिना, उन्हें प्राप्त नहीं कर सकता है। अंततः, यह केवल अहसास है कि ईश्वर हमारे अंदर ही है – आत्मा के रूप में, और ऊर्जा अथवा शक्ति के रूप में बाहर विद्यमान है। जैसा कि AiR, (2018) में उद्धृत है:

"एक बार जब हम महसूस कर लें कि
ईश्वर हमारे भीतर है,
तो उसी आनंदित चेतना के साथ रहें।
वह ईश्वर सर्वव्यापी है।"

~ ईश्वर – एक आध्यात्मिक वास्तविकता ~

प्रथम अध्याय

❊

"आपको अंदर और बाहर से विकसित होना होगा।
कोई भी आपको सिखा नहीं सकता, कोई भी आपको आध्यात्मिक
नहीं बना सकता है।
आपका शिक्षक कोई और नहीं बल्कि खुद आपकी आत्मा है।"

—स्वामी विवेकानंद

भौतिकवादी मानसिक चेतना को आध्यात्मिक चेतना में बदलें

AiR (2018) के अनुसार, "मन विचारों का कारखाना है। यह मस्तिष्क का एक कार्य है। यह एक मिनट में 50 विचारों को उत्पन्न करता है, जो एक दिन में 50,000 तक हो सकते हैं। मन सोचता है, अचंभित होता है, और चिंता भी करता है। लेकिन यह बुद्धि से भिन्न है। बुद्धि मस्तिष्क की एक अलग संकाय है। बुद्धि विश्लेषण करती है कि क्या सही और क्या गलत है और हमें वरण करने और निर्णय लेने में मदद करती है।"

हम सभी भौतिकवादी दुनिया में रह रहे हैं। नतीजतन, हम भौतिकवादी मन विकसित कर रहे हैं – वह मन जो अधिक से अधिक ऐन्द्रिक आनंद, अधिक से अधिक आराम, और इस तरह, अधिक से अधिक धन का आनंद लेना पसंद करता है। चूंकि

इच्छाएं असीमित हैं, ऐसे व्यक्ति "अधिक से अधिक" की बीमारी से ग्रसित रहते हैं। वे हमेशा भूखा और असंतुष्ट महसूस करते हैं। यह भूख और असंतोष उनके लक्षण बन जाते हैं जो उन्हें ड्रग्स और शराब लेना आरम्भ करवा देते हैं। इतना ही नहीं, कुछ लोग तो अधिक से अधिक पैसा कमाने की चाह में अनेकों प्रकार की आपराधिक गतिविधियों से भी जुड़ जाते हैं।

हम यह महसूस करने में विफल रहते हैं कि जब हम भौतिकवादी चेतना के साथ भौतिक शरीर से आच्छादित होते हैं, तो हमारी इच्छाएं वासना, क्रोध, लालच और मूर्खता से प्रदूषित हो जाती हैं। नतीजतन, हम हमेशा भूखा, खोखला और अपूर्ण महसूस करते हैं, हालांकि हमारे पास वह सब कुछ होता है जो हमें चाहिए। इसलिए, हमें यह महसूस करने की आवश्यकता है कि हम अपनी आध्यात्मिक चेतना को पुनः जागृत करें जो मानव जीवन का परम उद्देश्य है, न कि भौतिकवादी चेतना से खुश रहें। यह एक तथ्य है कि भोजन, आश्रय और उत्तम स्वास्थ्य व्यक्ति की मौलिक आवश्यकताएं हैं। लेकिन एक बार जब वे पूरी हो जाती हैं, तो शायद, एक बड़े घर, एक बड़ी कार, इत्यादि के बारे में सोचने की कोई आवश्यकता नहीं है। यह खुशी में बढ़ोतरी अवश्य करेगा किन्तु स्थायी संतुष्टि प्रदान नहीं करेगा। इसलिए, स्थायी खुशी और पूर्ण संतुष्टि के लिए हमें अपनी मानसिकता को भौतिकवादी चेतना से आध्यात्मिक चेतना में बदलने की आवश्यकता है।

आध्यात्मिक चेतना में सभी भ्रम, विरोधाभासी विचार, विश्वास, भावनाएं, आस्थाएं आदि का एक साथ मिश्रित होकर प्यार, शांति और सद्भाव में विलय हो जाता है। एक बार जब हम अपनी आध्यात्मिक यात्रा शुरू करते हैं तो समृद्धि, सफल रिश्ते, और मन की शांति स्वाभाविक रूप से हमारा हिस्सा बन जाती है। हालांकि, इस लंबी आध्यात्मिक यात्रा के लिए समय और ऊर्जा, योग, ध्यान और प्रार्थना के नियमित अभ्यास की आवश्यकता होती है। वास्तव में यह ईश्वर की एक भव्य रचना है।

हालांकि यह भव्य रचना, कोई आसान कार्य नहीं है। यह एक पहाड़ पर चढ़ने जैसा है जिसमें शिखर तक पहुंचने के कई रास्ते हैं। और पहाड़ का हर रास्ता ईश्वर का एक अलग अनुभव और दृष्टिकोण देता है। एलिजाबेथ पैगंबर के अनुसार, आध्यात्मिक यात्रा के पर्वत पर चढ़ने में निम्नलिखित तरीके मददगार हो सकते हैं:

1. **खुद को क्षमा करें:** हम इंसान हैं। इसलिए, हम अनजाने में या जान-बूझकर गलतियाँ करते हैं। हमें अपनी गलतियों का एहसास होना चाहिए और उन्हें फिर से दोहराने की गलती नहीं करनी चाहिए। ईश्वर उन गलतियों के लिए हमें क्षमा करने के लिए अत्यंत दयालु हैं जिसे हम ईमानदारी से स्वीकार करते हैं।

2. **दूसरों को भी क्षमा करें:** हमें दूसरों को भी क्षमा कर देना चाहिए – दोस्तों, दुश्मनों, और अन्य सभी को जिन्होंने हमारे साथ कुछ गलत किया है। ऐसा करके, हम अपने आप को घृणा

और ईर्ष्या के गांठों से मुक्त करते हैं और ईश्वर के कृपा पात्र बनते हैं।

3. **स्वर्ग में दोस्त बनाएँ:** ईश्वर ने स्वर्ग में कई स्वर्गदूतों को बनाया है। उदाहरणार्थ, हिंदुओं की विद्या के लिए सरस्वती, धन के लिए लक्ष्मी और शक्ति के लिए दुर्गा जैसी देवी है। इसी तरह, अनेक देव-देवियाँ हैं। चूंकि समय और स्थान उनके लिए कोई समस्या नहीं है, इसलिए हमें यह सीखना होगा कि उनकी मदद कैसे ली जाए। हमें सदा अपने मन में रखना चाहिए कि ईश्वर अपने स्वर्गदूतों के माध्यम से हमारी मदद करने के लिए सदैव तत्पर हैं।

4. **सीखें जब आपका शरीर सो रहा हो:** जब हम सो रहे होते हैं, तब हमारी आत्माओं को सूक्ष्म शरीर में यात्रा करने का अवसर मिलता है और उनका दिवंगत आत्माओं और स्वर्गदूतों के साथ सीधा संपर्क स्थापित होता है। अतः, हमें यह सीखने की जरूरत है कि अपनी आत्मा के माध्यम से उनकी मदद कैसे ली जाए। ये स्वर्गदूत हमारी मदद के लिए हमेशा तैयार रहते हैं।

5. **अपने मनोविज्ञान पर काम करें:** हमारे पास ताकत और कमजोरियां- दोनों हैं – सकारात्मक विचारों की ताकत और नकारात्मक विचारों की कमजोरियां। हमें नकारात्मक विचारों और कृत्यों की संख्या को कम करके सकारात्मक विचारों को बढ़ाने की आवश्यकता है। इसके लिए हमें अपनी जीवनशैली को बदलना होगा और संतों की जीवनशैली को अपनाना होगा। इसका मतलब यह कतई नहीं है कि हमें घर-परिवार को छोड़कर

     ~ ईश्वर – एक आध्यात्मिक वास्तविकता ~

जंगल में जाना होगा। कदापि नहीं, हम अपने परिवार के सदस्यों के साथ खुशी से रहते हुए भी एक योगी या संत का जीवन व्यतीत कर सकते हैं। हमें हमेशा ध्यान में रखना चाहिए कि हर विचार ऊर्जा है, और नकारात्मक विचार हमारी ऊर्जा को बहुत बड़े पैमाने पर नष्ट करते हैं।

6. **ईश्वर के साथ वार्तालाप करें:** प्रार्थना ईश्वर से बात करने के समान है, और ध्यान ईश्वर को सुनने के समान। इसलिए, हमारी नियमित प्रार्थना में, हमें अपने ईश्वर से अनुरोध करना होगा कि वे हमारी समस्त समस्याओं को दूर करें जिनका हम सामना कर रहे हैं। ईश्वर भी आगे बढ़कर हमें ऐसे 'कर्म' करने के उपायों और साधनों का संकेत देते हैं जिससे नि: संदेह कामयाबी हासिल होती है।

शरण के अनुसार (2014), हमें सोचने की जरूरत है "...कि हमारा जीवन एक अलग खंड नहीं है, बल्कि निरंतर बदलते दृष्टिकोण का एक भाग है। प्रतिदिन हमारी आत्मा को ईश्वर तक पहुंचाने की एक बड़ी ही रचनात्मक योजना का हिस्सा है। इसलिए, हमें तब तक बदलते रहना है जब तक हम कर्म और पुनर्जन्म के बंधन से मुक्त नहीं हो जाते हैं।"

अहंकार से बाहर आना

अहंकार हमारा सबसे बड़ा दुश्मन है। यह कमोबेश सभी लोगों को अपने चंगुल में ले चुका है। इसलिए, हमें आध्यात्मिक चेतना में प्रवेश कर इससे बाहर आने की आवश्यकता है। मुचलर

(2012) ने इससे बाहर आने के लिए निम्नलिखित आठ चरणों
के सुझाव दिये हैं:

1. **अहंकार की तलाश करें:** "मैं", "मुझे", "मेरा", "मेरे
   विचार", "मेरी इच्छा", आदि के साथ अत्यधिक लगाव
   से अहंकार में वृद्धि होती है। इसलिए हमें अपने अहंकार
   के प्रति सचेत होने की आवश्यकता है। और जिस क्षण
   हम ऐसा करना शुरू करते हैं, हम अहंकार से ऊपर उठने
   लगते हैं, जो स्वतः हमें आत्मा के दायरे में रखता है।
   हमारा उद्देश्य उन तमाम स्रोतों को चिन्हित करना है जो
   अहंकार को बढ़ाते हैं, जैसे विचार, भावनाएं, व्यवहार
   इत्यादि। एक बार जब हम इन स्रोतों को कम करना
   सीख जाते हैं, तो हम पाते हैं कि ईश्वर हमारे करीब, और
   करीब आ रहे हैं।

2. **अपने अहंकार का स्वामित्व:** अहंकार का स्वामित्व
   यह स्वीकार करता है कि यह उसके अधीन है, और इसे
   कम किया जा सकता है। कई धर्म हमें सिखाते हैं कि
   आत्म-सम्मान, आत्माभिमान और सामाजिक प्रतिष्ठा
   को छोड़कर अहंकार को कैसे खत्म किया जा सकता
   है। लेकिन हमें ऐसा करना मुश्किल लगता है क्योंकि
   यह भौतिकवादी दुनिया में जीने में हमारी मदद करता
   है। यह अधिक से अधिक "पैसा", अधिक से अधिक
   "प्रतिष्ठा", और अधिक से अधिक "नाम और प्रसिद्धि"
   अर्जित करने में भी मदद करता है। लेकिन हमें यह

   ~ ईश्वर – एक आध्यात्मिक वास्तविकता ~

समझना होगा कि ऐसा "पैसा", ऐसी "प्रतिष्ठा", और ऐसे "नाम और प्रसिद्धि" कृत्रिम और अस्थायी हैं। वे कभी भी हमें स्थायी सुख और संतुष्टि नहीं दे सकते।

3. **अपने अहंकार को देखें:** अहंकार को खोजना इसे "देखने" से अलग है। तलाश में हमें अपने अंदर मौजूद अहंकार के विषय में पता चलता है। प्रत्येक व्यक्ति में, अहंकार उसी तरह विकसित हो रहा है – एक अलग और भ्रामक स्वतंत्र "स्व" के रूप में। लेकिन हमें यह "देखना" है कि अहंकार जीवन के प्रत्येक पहलू में कैसे प्रकट होता है। लोग खुद को अलग तरह से परिभाषित करते हैं और इसलिए, विभिन्न आत्म-चित्र विकसित करते हैं। कुछ योग्य हैं, कुछ अयोग्य; कुछ हृष्ट-पुष्ट हैं, तो कुछ कमजोर; कुछ ईमानदार हैं, तो कुछ मेहनती। जिस भी प्रकार की आत्म छवि हम विकसित करते हैं, यह हमारे लिए परेशानी का ही कारण बन जाती है (शरण, 2014)।

4. **अपनी राय को परखें:** मुचलर (2012) द्वारा यह सही कहा गया है कि हमारी आत्मा उस हवा की भांति है जो जहां चाहती है, वहां बहती है, और हमारा अहंकार उस विशाल कंक्रीट की दीवार की तरह है जो गति की स्वतंत्रता को अवरुद्ध और बाधित करता है। इसलिए, हमें दीवार से सभी ईंटों को एक-एक करके हटाने की आवश्यकता है। प्रत्येक ईंट के हटने के साथ-साथ

हमारी आध्यात्मिक चेतना भी बढ़ती है। अहंकार और इसकी नकारात्मक भूमिका के विषय में जानने के बाद, हम निष्पक्ष रूप से उन सभी विकल्पों को परखना शुरू करते हैं जिनके कारण कड़वाहट, क्रोध, घृणा या नाराजगी होती है। यह मन की शांति और आनंद से भरा एक अद्भुत अनुभव है। आध्यात्मिक चेतना का विकास हमें एक दिन सहज मन और सहज निर्णय की योग्यता देने के लिए बाध्य है, जो सदैव सही होता है।

5. **अपने मौन की सुनिए:** ऋषियों एवं योगियों का सबसे शक्तिशाली अनुभव रहा है मौन। वे कहते हैं कि यह हमें अहंकार या भौतिकवादी दुनिया से अलग करता है और हमें आत्मा से जोड़ता है। वे यह भी कहते हैं कि हम केवल मौन रहकर ईश्वर को सुन सकते हैं। चोपड़ा (2017) के अनुसार, "मौन एक महान शिक्षक है, और इससे सबक सीखने के लिए आपको इस पर ध्यान देना आवश्यक है। रचनात्मक प्रेरणा, ज्ञान और स्थिरता का कोई विकल्प नहीं होता। अपने आंतरिक मौन के मूल से कैसे संपर्क किया जाए यह जानना आवश्यक है।" आज हम जिस आधुनिक दुनिया में जी रहे हैं, वह कोलाहल से भरी है। चारों ओर नकारात्मकता और अश्लीलता का वातावरण है, जो मन को अशांत और भयाक्रांत करता है।

6. **परिवर्तन को आमंत्रित करें:** परिवर्तन एक निरंतर और अंतहीन प्रक्रिया है। इसलिए, कोई भी इसे रोक नहीं सकता। हालांकि, इसकी दिशा को मोड़ा जा सकता है। लेकिन इसके लिए हमें इसके परिणामों से पूरी तरह अवगत होना होगा। अतः, मुचलर (1912) ने ठीक ही कहा है, "...इससे पहले कि आप बदलाव के लिए प्रयास करें, अहंकार रहित होने और आध्यात्मिकता की ओर अधिक उन्मुख होने पर ध्यान केंद्रित करने के लिए एक सचेत निर्णय लेना आवश्यक होगा।"

7. **इस पल को महसूस करें:** वर्तमान, अतीत और भविष्य की तुलना में, अधिक महत्वपूर्ण है। हम अतीत से सीखते हैं और भविष्य के लिए योजना बनाते हैं। ये सब हम अपनी यादों की मदद से करते हैं जो हमेशा वर्तमान में होती हैं। यादों के लिए, कोई अतीत, वर्तमान या भविष्य नहीं होता है। चूंकि अहंकार भाव कालबद्ध है, इसलिए हम अतीत की चिंताओं और भविष्य के "काल्पनिक भय" से आक्रांत रहते हैं। भय इस प्रकार के होते हैं: क्या होगा अगर मैं अपनी नौकरी खो देता हूं, क्या होगा अगर मुझे पदोन्नति नहीं मिलती है, और अगर मैं मर जाता हूं? डेविड आर. हॉकिंस के शब्दों में, "वर्तमान मौन है और शांति की स्थिति बताता है। यह अत्यंत कोमल है मगर फिर भी एक चट्टान की भांति है। इसके साथ ही, सभी भय गायब हो जाते हैं और अकथनीय परमानंद के शांत स्तर पर आध्यात्मिक

आनंद का अनुभव होता है। इस स्तर पर समय का अनुभव रुक जाता है – कोई आशंका, अफसोस, दर्द या प्रत्याशा नहीं रह जाता। आनंद का स्रोत अंतहीन और शाश्वत है।"

8. **अपने प्यार का इजहार करें:** आध्यात्मिक चेतना का प्रमुख कारक प्रेम है। विभिन्न व्यक्तियों के लिए प्रेम के अलग-अलग अर्थ हैं। अंग्रेजी शब्दकोश में, इसकी बीस से अधिक परिभाषाएँ हैं। ग्रीक में, हालांकि, इसके पांच अर्थ हैं: "एपने" का अर्थ है एक सामान्य स्नेह; "इरोस" का अर्थ है सेक्स सहित भावुक प्रेम; "फिला" का अर्थ है दोस्तों या किसी अन्य व्यक्ति के प्रति वफादारी सहित भाईचारे का प्यार; "स्टॉर्ज" का अर्थ है परिवार में रिश्तों का वर्णन करने के लिए एक प्राकृतिक स्नेह; और "थेल्मा" का अर्थ है एक पेशे के लिए प्यार। आध्यात्मिक प्रेम का महत्व हालांकि, इन पांचों के समेकित प्रेम से ज्यादा है।

यह विशुद्ध प्रेम है – अहंकार के किसी भी पूर्वाग्रह से सर्वथा मुक्त। मुचलर (2012) ने ठीक ही कहा है, "अहंकार आत्मा से प्रवाहित शुद्ध प्रेम को उसी प्रकार अवरुद्ध करने की चेष्टा करता है जैसे बादल सूर्य की किरणों को। बादलों को हटा दें, तो आपके पास शुद्ध धूप है; अहंकार को हटा दें तो आपके पास शुद्ध प्रेम है।" "एक बार जब हम अहंकार मुक्त हो जाते हैं, तो इस तरह का शुद्ध प्रेम स्वतः और स्वाभाविक रूप से बहता है। यह हमारे

तात्कालिक लक्ष्य प्रेम, शांति और सद्भाव, तक पहुंचने का एक सोपान है। मानव जीवन का परम उद्देश्य तो ईश्वर के साथ एकाकार होना है।"

****

द्वितीय अध्याय

ईश्वर एक है।
चाहे उसे आप जिस नाम से पुकारें।

-- आरलो गथरी

ईश्वर के प्रति अपनी अवधारणा को बदलें:
धर्म अनेक हैं लेकिन ईश्वर एक है

हिंदू संत, रामकृष्ण परमहंस के अनुसार विभिन्न प्रमुख धर्म एक ही ईश्वर तक पहुंचने के अलग-अलग रास्ते हैं। दुनिया में प्रमुख धर्म छः माने जाते हैं: ईसाई धर्म (2.1 बिलियन), इस्लाम धर्म (1.3 बिलियन), हिंदू धर्म (900 मिलियन), बौद्ध धर्म (376 मिलियन), सिख धर्म (23 मिलियन), और जैन धर्म (14 मिलियन)। इन सभी धर्मों ने अपने अनुयायियों को अलग-अलग विश्वास प्रणालियों, जीवन जीने के विभिन्न तरीकों, और पूजा करने की विभिन्न विधियों को सिखाया है। लेकिन सभी धर्म उसी एक ईश्वर तक पहुंचाते हैं जिसे हम सार्वभौमिक शक्ति या ब्रह्मांडीय ऊर्जा भी कहते हैं। यह ऊर्जा हमें प्राणवायु के रूप में जीवन देती है, जिससे हम सभी प्रकार की गतिविधियाँ करते हैं।

कुछ लोग ईश्वर में विश्वास नहीं करते क्योंकि वे उसे अपनी वैज्ञानिक प्रयोगशालाओं में नहीं पाते हैं। लेकिन क्या वैज्ञानिक

प्रयोगशालाओं में हर वास्तविकता का परीक्षण किया जा सकता है? क्या वे बता सकते हैं: सूर्य, चंद्रमा, सितारों, पक्षियों, जानवरों, फूलों इत्यादि को किसने बनाया ? शायद नहीं: इन प्रश्नों के कोई निश्चित उत्तर नहीं हैं। यही कारण है कि लोग तत्वमीमांसा में विश्वास करते हैं जिसमें सब के उत्तर मिल जाते हैं।

एकेश्वरवाद:

एकेश्वरवाद ' ईश्वर एक है' में विश्वास करता है जो ब्रह्मांड का निर्माता और पालनकर्ता है। इस तरह, यह बहुदेववाद से अलग है जो कई देवताओं के अस्तित्व में विश्वास करता है; एवं नास्तिकवाद से भी अलग है जो मानता है कि कोई ईश्वर नहीं है। अज्ञेयवाद भी मानता है कि ईश्वर अज्ञेय है। AiR (2018) के अनुसार, ईश्वर वह सब कुछ है जो आप देखते हैं, स्पर्श और महसूस करते हैं। संपूर्ण ब्रह्मांड ईश्वर की ही अभिव्यक्ति है। ईश्वर सर्वव्यापी चेतना है जो हर जगह है। ईश्वर ऊर्जा है जो हर वस्तु में है। केवल ईश्वर ही विद्यमान है, दूसरा कोई नहीं।

मेरिलिन एडमसन के अनुसार, ईश्वर एक बुद्धिमान रचनाकार है। वह अपने दावे के समर्थन में निम्नलिखित पांच कारण प्रस्तुत करती हैं:

* हमारे ग्रह की जटिलताएं एक प्रखर मेधावी डिजाइनर की ओर इशारा करती हैं जिन्होंने न केवल ब्रह्मांड को बनाया बल्कि जो इसके पोषणकर्ता भी हैं।

* ब्रह्मांड की शुरुआत हुई – इसका क्या कारण था?

* ब्रह्मांड प्रकृति के समरूप नियमों द्वारा संचालित होता है। ऐसा क्यों?

* डीएनए कोड एक सेल को सूचित एवं उसके व्यवहार की प्रोग्रामिंग करता है।

* ईश्वर मौजूद हैं क्योंकि वे हमारा अनुशीलन करते हैं। वे निरंतर पहल कर रहे हैं और हम सब को अपने समीप आने का संकेत दे रहे हैं।

क्वांटम भौतिकी में ईश्वर:

क्वांटम भौतिकी ने न्यूटन के मतों को पूरी तरह से बदल दिया है। इसने वैज्ञानिक प्रयोगशालाओं में ईश्वर की स्थापना की है- यह समर्थन करने के लिए कि ईश्वर हर समय, हर जगह है। यह कहता है कि ब्रह्मांड में सब कुछ, हमारे सहित, ऊर्जा है, और यह ऊर्जा एक चक्रीय गति से चलती है। सूक्ष्म स्तर पर, हम इलेक्ट्रॉनों और ऊर्जा परमाणुओं के गतिशील परिमाण हैं जो तेजी से घूम रहे हैं। वास्तव में, ब्रह्मांड में सब कुछ ऊर्जा से बना है, और हम इस असीम ऊर्जा के साथ अंतरंग रूप से जुड़े हुए हैं। यह मानो गतिमान इलेक्ट्रॉनों का समंदर हो। इस प्रकार, यह ऊर्जा सूक्ष्म अणु कण हैं जिससे परमाणु बनता है और अंत में पदार्थ बनता है।

अल्बर्ट आइंस्टीन ने वर्षों पहले कहा था कि ऊर्जा को पदार्थ और पदार्थ को ऊर्जा में परिवर्तित किया जा सकता है। यह "अवलोकन" पर निर्भर करता है। जब तक हम ऊर्जा का अवलोकन करते हैं, वे अंतरिक्ष-समय के परिमाण के रूप में

   ~ ईश्वर – एक आध्यात्मिक वास्तविकता ~

स्थानीयकृत कण बन जाते हैं। और, जिस क्षण हम अवलोकन करना छोड़ देते हैं, वे फिर से एक तरंग की भांति हो जाते हैं। इसका अर्थ है, यह अवलोकन, ध्यान और संकल्प ही है जो वास्तव में अंतरिक्ष-समय के दृश्य के रूप में वस्तुओं को बनाता है। शायद, क्वांटम तंत्र का सबसे चौंकाने वाला निहितार्थ यह संभावना है कि ब्रह्मांड इसलिये कार्यरत है क्योंकि इसपर "किसी" की नज़र है, वो जो न कभी अपनी पलकें झपकाता है और न ही सोता है। यही कारण है कि कुछ लोगों ने ईश्वर को "आत्म-ऊर्जावान जागरूकता" के रूप में भी परिभाषित किया है (शरण, 2014)।

भौतिकविदों ने यह भी पता लगाया है कि क्वांटम 'कण' निर्णय लेते हैं। अर्थात वे बुद्धि द्वारा संचालित हैं। इतना ही नहीं, वे तुरंत जान जाते हैं कि ब्रह्मांड में अन्य स्थान पर, अन्य कणों द्वारा क्या निर्णय लिए जा रहे हैं। अंतरिक्ष और समय के पार यह समक्रमिकता तात्कालिक होती है। इसका तात्पर्य यह है कि वे बिना स्थान बदले या बिना कोई समय लिए 'संवाद' करते हैं। तो वह कौन सी बुद्धि है जो उन्हें शक्ति प्रदान करती है? इस "स्रोत का मन" ईश्वर ही हो सकता है।

"इन सभी से यह विश्वस्त रूप से निष्कर्ष निकाला जा सकता है कि ईश्वर का अस्तित्व है, और वे संदेह से परे हैं। चूँकि ईश्वर एक आध्यात्मिक वास्तविकता हैं, वे विभिन्न लोगों के लिए, विभिन्न अवसरों पर, विभिन्न रूपों में मौजूद रहते हैं। कुछ के लिए वे निर्माता ईश्वर हैं, तो कुछ के लिए बुद्धिमान डिजाइनर ईश्वर; कुछ

के लिए भव्य वास्तुकार ईश्वर, तो कुछ के लिए सर्वशक्तिमान और सर्वोच्च ईश्वर, और कुछ अन्य के लिए अनंत ईश्वर। संपूर्ण रूप से वे "एक" हैं, और अन्य सभी रूप या उन पर "मानव चेहरा या मुखौटा डालना" हमारा उनको समझने का प्रयास मात्र है (शरण, 2014)।

ईश्वर के विषय में हमारे अनुभव क्या कहते हैं ?

1. **ईश्वर सर्वज्ञ है:** ब्रह्मांड में सब कुछ ईश्वर द्वारा निर्मित है जैसे पृथ्वी और पृथ्वी पर जीवन, आकाश, पहाड़, महासागर आदि।

2. **ईश्वर सर्वव्यापी है:** ईश्वर सर्वत्र है। ईश्वर का सटीक स्थान अज्ञात है। भगवान सूर्य, चंद्रमा, सितारों, पक्षियों, जानवरों और फूलों में हैं। इसलिए, यह एक रहस्य कहलाता है।

3. **ईश्वर सर्व शक्तिमान है:** वह इतना शक्तिशाली है कि वह कुछ भी कर सकता है। हम प्रतिदिन, प्रत्येक कार्य में ईश्वर की शक्ति देख सकते हैं।

4. **ईश्वर अमर है:** हम मनुष्य नश्वर हैं। केवल मनुष्य ही नहीं, हर वो प्राणी जो जन्म लेता है, एक दिन मर जाता है। लेकिन ईश्वर सदा के लिए है।

5. **अनुशासन या क्रम का एक नियम है:** ब्रह्मांड में, सब कुछ एक निश्चित क्रम में गतिमान है – सूर्य, चंद्रमा, ग्रह, आदि। अगर ईश्वर नहीं है तो इन सब को गति कौन

    ~ ईश्वर – एक आध्यात्मिक वास्तविकता ~

प्रदान कर रहा है ? ये सभी विधान बहुत स्पष्ट रूप से कहते हैं कि हम मनुष्यों का हमारे अपने जीवन पर कोई नियंत्रण नहीं है। हम अपने माता-पिता, अपनी जन्म तिथि, अपनी मृत्यु की तिथि आदि का भी चयन नहीं कर सकते। ये सब ईश्वर नामक शक्ति द्वारा नियंत्रित हैं।

ईश्वर कैसे काम करता है?

ईश्वर कई नियमों द्वारा ब्रह्मांड को नियंत्रित कर रहा है - भौतिक, मानसिक और आध्यात्मिक। भौतिक नियम हैं, गुरुत्वाकर्षण का नियम, गति का नियम, ऊष्मप्रवैगिकी (Thermodynamics) के नियम, इत्यादि। आध्यात्मिक और मानसिक नियम जीवन के नियम हैं, जैसे:

1. कर्म का नियम: कर्म एक संस्कृत शब्द है जिसका अर्थ है 'क्रिया'। लेकिन कर्म का नियम कहता है कि हर क्रिया की प्रतिक्रिया होती है - अच्छे कर्म सकारात्मकता को आकर्षित करते हैं जबकि बुरे कर्म नकारात्मकता को। सकारात्मकता और नकारात्मकता व्यक्ति के इरादों से तय होती हैं। त्सेरिंग (Tsering, 2004) के अनुसार, "धारणा सभी मानसिक परिमाणों में सबसे महत्वपूर्ण है क्योंकि यह मन को दिशा देती है। यह निर्धारित करती है कि हम सद्गुणी, अवगुणी या तटस्थ वस्तुओं में से किसके साथ संलग्न होते हैं। जिस प्रकार लोहा शक्तिहीन होते हुए भी चुंबक की तरफ खिंचा चला जाता है, उसी प्रकार हमारा मस्तिष्क भी धारणाओं के अनुरूप वस्तुओं की ओर खिंच जाता है।"

कर्म का नियम एक सार्वभौमिक नियम है और यह सब पर लागू होता है। यहां तक कि यदि कोई कृत्य सबसे छुपाकर भी किया जाता है तो वह भी कर्म के नियम की गिरफ्त में आ जाता है।

AiR (2018) के अनुसार, "कर्म का नियम एक जटिल नियम है। यह कई तरीकों से काम करता है। आपको अपने कर्मों के फल तत्क्षण मिल सकते हैं, या फिर आपको प्रतिफल के लिए कई दिन, सप्ताह, महीने या सालों इंतजार भी करना पड़ सकता है।"

2. **पुनर्जन्म का नियम:** पुनर्जन्म का सरल अर्थ है बार-बार जन्म और मृत्यु के चक्र में बंधना। इसलिए, इसे पृथ्वी या अन्य ग्रहों पर आत्मा की चक्रीय वापसी के रूप में परिभाषित किया गया है। जब हम खुद को नकारात्मक कर्मों से मुक्त कर लेते हैं तब उस "एक स्त्रोत" में स्थायी रूप से एकाकार हो जाते हैं। यह परिकल्पना है कि आत्मा जन्म से पूर्व और मृत्यु के बाद भी मौजूद रहती है। खू (Khoo, 1995) के अनुसार, "आत्मा आध्यात्मिक विकास को बढ़ावा देने के लिए सैकड़ों या हजारों बार अवतार लेती है ताकि अंततः वह ब्रह्मांड में एकाकार हो सके।"

इन दो बुनियादी नियमों के अतिरिक्त कुछ अन्य नियम भी हैं जो हमारे जीवन के लिए समान रूप से महत्वपूर्ण हैं। डेविड डेनियल द्वारा सुझाए गए ये नियम इस प्रकार हैं:

1. **सार्वभौमिक एकता का नियम:**सार्वभौमिक एकता के मूल में हमें अपने समक्ष आने वाले हर प्राणी एवं हर

 ~ ईश्वर – एक आध्यात्मिक वास्तविकता ~

वस्तु में ईश्वरत्व का अहसास करना है। ऐसा करके, हम दूसरों को खुद के रूप में देखते हैं। हम सब एक दूसरे से जुड़े हुए हैं और इस प्रकार हम सब ईश्वर से भी जुड़े हैं।

2. **आकर्षण का नियम:** इस नियम के मूल में यह है कि हम उसी वस्तु को "आकर्षित" करते हैं जिसके बारे में "सोचते" हैं। हम सब वो ऊर्जा हैं जो हर समय कंपन कर रही है। जब हम किसी वस्तु-विशेष के विषय में सोचते हैं, तो हम उस वस्तु को आकर्षित करने के लिए अपना चुंबकीय इरादा भेजते हैं। इस तरह से आकर्षण का नियम काम करता है।

3. **संगत का नियम:**जब हम एक ही कंपन को बार-बार भेजते हैं, तो यह एक स्वरूप (पैटर्न) बनाता है। यह स्वरूप इतना शक्तिशाली हो जाता है कि ब्रह्मांड के पास संबंधित प्रतिरूप के माध्यम से प्रतिक्रिया करने के अलावा कोई विकल्प नहीं रह जाता। यह वही स्थिति है जहां इस स्वरूप तक पहुंचने के लिए ध्यान हमारे अंतर्ज्ञान को जागृत और सक्रिय कर सकता है। हमें अपने स्वरूपों की संरचनाओं के प्रति जागरुकता लानी चाहिए क्योंकि ये ही हमें एक स्वरूप बनाने का अवसर देते हैं और हमारी मदद करते हैं।

4. **प्रेरित कार्रवाई का नियम:**हमें सदा पहला कदम उठाना चाहिए, तभी ब्रह्मांड हमारे कर्मों के अनुकूल

कार्य करता है। जब भी हम एक कदम उठाते हैं, ब्रह्मांड प्रत्युत्तर देता है। कार्यकारी मन एक प्रक्षेप्य मन है। यह कार्यों और संसाधनों को गति प्रदान करता है। ब्रह्मांड उन लोगों के लिए क्रियाशील है जो अनुशासित हैं, जिनके पास जज़्बा है, जिनके जीवन का लक्ष्य निर्धारित है, और जो उसकी प्राप्ति के लिए निरंतर प्रयासरत हैं।

5. **कारण और प्रभाव का नियम:**इस नियम को अक्सर कर्म-नियम के रूप में जाना जाता है – हम इस दुनिया में जो भी कर्म करते हैं वह हमारे ही पास वापस आता है। यह नियम पूर्ण रूप से सार्वभौमिक एकता के नियम से जुड़ा हुआ है। इसलिए, हम उन सबसे जुड़े हुए हैं जो हम अपने लिए एवं दूसरों के लिए करते हैं। हमें ज्ञात है कि कर्म का नियम कहता है कि प्रत्येक क्रिया की एक प्रतिक्रिया होती है।

6. **भरपाई का नियम:**चूंकि यह ब्रह्मांड ऊर्जा से बना है, अतः यह नियम इस बात की पुष्टि करता है कि हम जैसी ऊर्जा लगाएंगे, उसकी पूर्ति समान ऊर्जा से ही होगी। उदाहरणस्वरूप, यदि आप कोई नेक कार्य करते हैं, तो यह एक अच्छे परिणाम के रूप में आपके पास वापस अवश्य आएगा। और यदि आप यह नेक कार्य प्रेम-पूर्वक करते हैं, तो वह उसी रूप में आप को वापस मिलेगा।

7. **सापेक्षता का नियम:**अल्बर्ट आइंस्टीन के अनुसार सापेक्षता का सिद्धांत यह सिद्ध करता है कि भौतिकी का नियम हर जगह समान रूप से कार्य करता है। यह सिद्धांत अंतरिक्ष और समय में वस्तुओं के व्यवहार की व्याख्या करता है।इसका उपयोग हर चीज का भविष्य जानने के लिए किया जा सकता है। यदि आप तार के एक फंदे (लूप) को चुंबकीय क्षेत्र में घुमाते हैं तो आप एक विद्युत धारा पैदा करते हैं। तार में आवेशित कण बदलते चुंबकीय क्षेत्र से प्रभावित हो कर उनमें से कुछ को स्थानांतरित करने के लिए बाध्य हो जाते हैं और विद्युत धारा का प्रवाह होने लगता है।

8. **लिंग का नियम:** नर और मादा- इन दोनों लिंगों से मिलकर ही इस ब्रह्मांड की हर वस्तु निर्मित है। लोग सोच सकते हैं कि ये दोनों लिंग विपरीत प्रकृति के हैं। लेकिन वस्तुतः ये एक दूसरे के पूरक हैं जो एक दूसरे के बिना मौजूद नहीं रह सकते। जब उपयुक्त पुरुष और प्रकृति (महिला) एक साथ जुड़ते हैं तब इसे योग का उच्चतम स्वरूप माना जाता है। विवाह इसका सर्वोत्तम उदाहरण है जिसमें चेतना के स्तर पर अनुभव प्राप्ति के लिए दो आत्माओं का दिव्य मिलन होता है।

9. **विपरीतता का नियम:**विपरीतता का नियम लिंग के नियम के साथ-साथ काम करता है। अनिवार्य रूप से, यह समानता का नियम है। ब्रह्मांड में हर वस्तु-विशेष

के साथ उसका विलोम होता है, जैसे खुशी के साथ उदासी, गर्म के साथ ठंडा, ऊपर के साथ नीचे, दिन के साथ रात, और पुरुष के साथ स्त्री। और यही 'आत्मबोध' है।

10.**लय का नियम:**हर वस्तु का एक चक्र और लय होता है। जीवन और मृत्यु सदा से जुड़े हुए हैं। ऋतु परिवर्तन इस चक्र का प्रत्यक्ष प्रमाण है- पतझड़ के बाद शीत, फिर वसंत, तत्पश्चात ग्रीष्म ऋतु। ये ब्रह्मांड के प्राकृतिक चक्र हैं। जब हम यह समझ लेते हैं कि बदलाव निश्चित है, तभी हम शांति का अनुभव करते हुए विराम की अवस्था को प्राप्त करते हैं।

आध्यात्मिक चेतना को विकसित करके, हम इन नियमों में प्रवीणता हासिल करने और उनसे अपने हित में काम लेने की क्षमता को विकसित कर सकते हैं। "उपर्युक्त दस नियमों में प्रवीणता हासिल कर लें तो आप अपने जीवन में प्रवीण हो सकते हैं" (David Daniel)।

****

तृतीय अध्याय

"धन्य हैं वे जो बिना देखे विश्वास करते हैं"

--जेम्स सी. बेल (जूनियर)

विश्वास करें कि ईश्वर हमारे अंदर है:
यह हमारी आत्मा है

आत्मा और ईश्वर की वास्तविकता:

हम मनुष्य दोहरी प्रकृति के हैं - भौतिक और आध्यात्मिक। हमारा शरीर भौतिक है लेकिन हमारी आत्मा आध्यात्मिक है, जो परमात्मा का एक भाग है। विज्ञान कहता है कि गर्भाधान के चालीस दिनों के बाद, ईश्वर बच्चे के अजन्मे शरीर में चेतना की एक बूंद डालते हैं जो उसकी आत्मा के रूप में क्रियाशील रहती है। जन्म के बाद, बच्चे को बढ़ने और विकसित होने के लिए निरंतर पोषण की आवश्यकता होती है। शरीर के विकास और स्वास्थ्य के लिए माँ का दूध, शिशु आहार, पोषण, व्यायाम और नींद की आवश्यकता होती है। आत्मा में सभी ईश्वरीय गुण स्वतः विद्यमान होते हैं।

वेदांत – भारत के प्राचीन आध्यात्मिक विज्ञान – के अनुसार सभी जीवित प्राणी एक गैर-रासायनिक या गैर-आणविक मौलिक आध्यात्मिक कण की उपस्थिति से अनुप्राणित हैं जिसे

आत्मा कहा जाता है और जिसकी निम्नलिखित विशेषताएं हैं (Singh, 2005):

1. भौतिक ऊर्जा के विपरीत यह आध्यात्मिक ऊर्जा है।

2. यह एक पारलौकिक कण है और पदार्थ से तात्विक रूप से अलग है।

3. केवल आत्मा और भौतिक तत्वों के बीच की अंतर्क्रिया के कारण ही भौतिक शरीर सक्रिय और जीवंत प्रतीत होता है।

4. इसके मौलिक गुण इस प्रकार हैं: (क) अभिचेतना (ख) स्वेच्छा (ग) इरादा और (घ) उद्देश्य।

5. यह सामान्य ऐन्द्रिक अनुभूति से परे है लेकिन इसका निष्कर्ष निकाला जा सकता है। चेतना जीवन या आत्मा का सर्वाधिक दिखाई देने वाला लक्षण है। पदार्थ, कितना भी जटिल क्यों न हो, कभी चैतन्य नहीं हो सकता।

6. यह शाश्वत है, इसे न तो बनाया जा सकता है, न ही नष्ट किया जा सकता है।

7. इसमें ज्ञान प्राप्त करने की इच्छा है।

8. इसमें आनंदित होने की इच्छा है।

9. इसमें न केवल व्यक्तिगत प्राणियों के लिए बल्कि पदार्थों के प्रति भी आकर्षण शक्ति है।

वेदांत आगे वर्णन करता है कि केवल आत्मा की उपस्थिति के कारण, शरीर अनुप्राणित और सक्रिय है और इन छः अवस्थाओं

से गुजरता है: यह जन्म लेता है, बढ़ता है, संतान पैदा करता है, जीवन को जीता है, उम्र के साथ धीरे-धीरे क्षीण होने लगता है, और अंत में, मृत्यु को प्राप्त कर अनंत में विलीन हो जाता है। मृत्यु के समय आत्मा नव द्वारों में से किसी एक द्वार से शरीर को छोड़कर बाहर निकल जाती है।

हर बच्चा एक उद्देश्य के साथ पैदा होता है:

यह बहुत आश्चर्यजनक है कि कई महान लोगों ने अपने साक्षात्कार में कहा है कि वे जीवन में कुछ और बनना चाहते थे लेकिन बन कुछ और गए। इस क्षेत्र में उन्हें सफलता, नाम, यश और सम्मान मिलता गया। तब उन्होंने महसूस किया कि यही उनके जीवन का असली उद्देश्य रहा होगा। इस उद्देश्य की भविष्यवाणी माता-पिता या ज्योतिष भी नहीं कर पाये थे। सच है, विधाता का लिखा कोई नहीं पढ़ पाता।

हमारे अनुभव कहते हैं कि सामान्यतः हर व्यक्ति अपने पेशे के चयन के वक्त अपने को खोया हुआ, उलझन में, अनिश्चित, अस्पष्ट, और घबराया हुआ पाता है। इनमें से कुछ तो इतनी निराशा महसूस करते हैं कि वे खुद को नालायक समझने लगते हैं। चूंकि जीवन के कूटबद्ध (Encoded) उद्देश्य में हर चीज का रहस्य छिपा है, इसलिए व्यक्तियों द्वारा रहस्य को उजागर करने का प्रयास करना चाहिए। Briggs (2016) के अनुसार, निम्नलिखित कदम उठाकर रहस्य को उजाकर किया जा सकता है:

1. स्वयं से साक्षात्कार:

हर व्यक्ति में खूबियाँ और खामियां– दोनों होती हैं। इसलिए, वह क्या-क्या कर सकता है और क्या-क्या नहीं, इसकी एक सूची तैयार करने की आवश्यकता है। तदनुसार, अपनी रुचि को ध्यान में रखते हुए, "वह क्या-क्या कर सकता है" की सूची को छोटा-से-छोटा बनाना चाहिए। अंत में, जब सूची तीन या चार पेशों तक सीमित रह जाए, तब पूरी एकाग्रता तथा शांत और स्थिर मन से, उन पेशों पर ध्यान केंद्रित कर कोई भी निर्णय लेना चाहिए। ईश्वर में दृढ़ विश्वास हो तो सही चुनाव में मदद अवश्य मिलेगी।

2. अपनी जीवन योजना लिखें:

कई लोग अपने जीवन के उद्देश्यों को स्पष्ट रूप से समझ नहीं पाते हैं। नतीजतन, वे बिना किसी गंतव्य के भटकते रहते हैं। स्पष्ट जीवन उद्देश्य व्यक्ति के लिए "एक जादुई जीपीएस के साथ ड्राइविंग" के समान है। मार्ग में आगे बढ़ने के लिए आपको ठहरना होगा, सोचना होगा और योजना बनानी होगी। चूंकि आपकी आत्मा ईश्वर से जुड़ी हुई है, इसलिए यह आपको सही कदम उठाने में मदद करेगी।

3. योजना बनाएं और अमल करें:

अपनी पसंद से जीवन यापन के लिए मात्र सोचने की ही नहीं बल्कि योजना बना कर तदनुसार प्रयास करने की भी आवश्यकता है। आपका जुनून ही आपको वांछित जीवन जीने का अवसर देगा (Briggs, 2016)।

 ~ ईश्वर – एक आध्यात्मिक वास्तविकता ~

4. सकारात्मक रहें और वर्तमान पर ध्यान केंद्रित करें:

वर्तमान, अतीत और भविष्य से अधिक महत्वपूर्ण है। अतीत से सबक लेकर व्यक्ति भविष्य के लिए योजना बनाता है। सच्ची योजना के लिए, व्यक्ति का सकारात्मक होना आवश्यक है। यही सकारात्मक शक्ति ब्रह्मांड में व्याप्त सभी सकारात्मकताओं को आकर्षित करती है जैसे सफलता, दया, प्रेम इत्यादि। इसलिए, हमें आशावादी होना चाहिए, अपनी प्रवृत्ति पर भरोसा करना चाहिए, और ईश्वर में विश्वास रखना चाहिए। जैसा कि Briggs (2016) द्वारा सुझाया गया है, "अपनी अंत: प्रेरणा को आपके द्वारा चुने गए विकल्पों में मार्गदर्शन करने दें: किससे विवाह करना है, किस पर भरोसा करना है, किस विषय का अध्ययन करना है, और किस नौकरी को चुनना है।"

5. अपने आध्यात्मिक भागफल को बढ़ाएं:

आध्यात्मिक भागफल (Spiritual Quotient) वह मापदंड है जो किसी व्यक्ति की कुशाग्रता को नापता है; यह उतना ही महत्वपूर्ण है जितना कि तीक्ष्ण बुद्धि भागफल (Intelligence Quotient) और भावनात्मक भागफल (Emotional Quotient)। जबकि I.Q. संज्ञानात्मक बुद्धि और E.Q भावनात्मक शक्ति का घोतक है, S.Q. व्यक्ति की आध्यात्मिक शक्ति को प्रकट करता है। आध्यात्मिकता व्यक्ति की रचनात्मकता, जागरुकता और अंतर्ज्ञानी होने की क्षमता को बढ़ाती है। S.Q. की अवधारणा तेजी से वैज्ञानिक अध्ययन के

अगले बड़े पहलू के रूप में उभर रही है क्योंकि यह व्यक्ति की जागरुकता और चेतना से संबंधित है।

मानवीय अनुभव का परम उद्देश्य प्रेम, शांति और सामंजस्य है। आध्यात्मिक पोषण हमारे अंतस को शुद्ध और पवित्र बनाता है। हमारा अंतस दैदीप्यमान हो।

6. **समय का नियोजन करें:**

जीवन में "समय" सबसे अधिक महत्वपूर्ण है। अपने समय को अधिक प्रभावी ढंग से प्रबंधित करने के लिए खुद को प्रतिबद्ध करें। "अगर हम समय बर्बाद करते हैं, तो समय हमें बर्बाद करता है। अतः इसका अच्छी तरह से उपयोग करें और प्रचुर मात्रा में फल प्राप्त करें।" न केवल विद्यार्थी, सभी के पास, सेवानिवृत्त व्यक्तियों सहित, एक समय तालिका होनी चाहिए। यह एकमात्र तरीका है जिससे हम वह हासिल कर सकते हैं जो हम चाहते हैं। सभी के लिए ईश्वर ने एक दिन में 24 घंटे ही दिए हैं। जो इसका सदुपयोग करते हैं, वे दिन-प्रतिदिन प्रगति करते हैं। समय हमारी सबसे कीमती वस्तु है, इसलिए हमें इसका अधिकतम उपयोग करना चाहिए। अपने समय का विभाजन उच्च प्राथमिकता और उच्च प्रतिफल के आधार पर करें। आप निःसंदेह अपने जीवन के लक्ष्य को प्राप्त करेंगे।

इसके अतिरिक्त शरण (Sharan, 2014) ने अति-चेतन मन तक पहुँचने के लिए कुछ सुझाव दिये हैं:

~ ईश्वर – एक आध्यात्मिक वास्तविकता ~

1. अति-चेतन मन विकसित करें:

वेदांत के अनुसार, मन दर्पण की तरह एक आंतरिक साधन है जिसमें चेतना की अंतर्निहित विशेषता नहीं है। इसलिए, शरीर के अन्य भागों की तरह कार्य करने के लिए इसमें आत्मा द्वारा चेतना का संचार करना पड़ता है। इस प्रकार, जब मन आत्मा द्वारा प्रकाशित होता है, तो यह कार्य करना आरंभ कर देता है। लेकिन यह पूरी तत्परता से तभी काम कर सकता है जब यह पूर्ण रूप से निर्मल और स्वच्छ हो। अन्यथा, यह एक साधारण मन के रूप में काम करना आरम्भ कर देगा जिसमें भ्रांति और मति भ्रम सहित सामान्य धारणाएं होंगी। लेकिन जब यह पूर्ण रूप से प्रकाशित हो जाता है तब एक विस्तारित या असाधारण मन की भांति कार्य करता है। इस असाधारण मन को अति-चेतन मन, सार्वभौमिक मन या सहज मन के रूप में जाना जाता है। इसमें दया, प्रसन्नता, विनम्रता, प्रज्ञा और आध्यात्मिक परमानंद जैसे कई दिव्य गुण समाहित हैं।

2. अति-चेतन मन तक कैसे पहुँचें?

अति-चेतन मन तक पहुंचने के लिए, पहले मन को शांत और निश्चल करने की आवश्यकता है। एलान सीयेल द्वारा सुझाए गए इस अभ्यास से स्थिरता के बिंदु तक पहुंचने और आत्मा से जुड़ने में बहुत मदद मिल सकती है:

"अपनी आँखें बंद करके चुपचाप बैठें, पीठ सीधी, फर्श पर पैर सपाट या पद्मासन की मुद्रा में हो। कुछ गहरी साँसें लें, अपने शरीर को शिथिल करें, और फिर अपनी सांस को स्वाभाविक,

सहज और सरल लय में आने दें। अपनी सांस पर ध्यान देना शुरू करें। ध्यान को उस बिंदु पर केन्द्रित करें जहां से सांस आती-जाती है। महसूस करें कि सांस के अलावा आपकी चेतना में अन्य कुछ भी नहीं है। धीरे-धीरे मन की गहराई में उतरते जाएँ। आप पाएँगे कि आपका चित्त एकाग्र, सहज और शांत हो रहा है, और आपका हृदय खुल रहा है। धीरे-धीरे आप चेतना की गहराई में उतरते जाएंगे। आप तत्काल ही जागरुकता और चेतना की कई परतों को जान जाएंगे। आप जितनी गहराई में जाएंगे, उतना ही शांत महसूस करेंगे – जिस प्रकार "शांत पानी गहरा होता है।" कुछ क्षण उस अवस्था में बने रहने के पश्चात् जब आपको महसूस हो कि ध्यान अभी के लिए पूरा हो गया है, तब धीरे-धीरे अपनी आँखें खोलें। आप अपने अंदर एक सुखद बदलाव महसूस करेंगे।"

इस अभ्यास के माध्यम से, व्यक्ति न केवल एक उपयुक्त नौकरी, या एक जीवन साथी का चयन करने में सक्षम हो सकता है, बल्कि उसे आध्यात्मिक ईश्वर की अनुभूति भी हो सकती है।

****

चतुर्थ अध्याय

स्थिर और शांत चित्त होकर महसूस करें कि हमारी आत्मा ही शुद्ध ऊर्जा है

हमने पिछले अध्यायों में देखा है कि ब्रह्मांड में प्रत्येक वस्तु ऊर्जा के रूप में निरंतर कंपित हो रही है। चूंकि कंपन की गति बहुत अधिक है इसलिए उसे इंद्रियों द्वारा देखा या महसूस नहीं किया जा सकता है। इसे क्वांटम भौतिकी, आइंस्टीन समीकरण एवं कई अन्य द्वारा साबित भी किया गया है। इस प्रकार, निस्संदेह, आत्मा और ईश्वर भी ऊर्जा ही हैं।

"आत्मा" शब्द को विभिन्न लेखकों द्वारा विभिन्न रूपों में परिभाषित किया गया है। संक्षेप में, भगवद् गीता कहती है:

* यह अजन्मी है, यद्यपि एक शरीर में पैदा हुई है।

* यह शाश्वत है, यद्यपि इसका शारीरिक निवास अस्थायी है।

* यह अपरिवर्तनशील है, यद्यपि यह परिवर्तन का अनुभव कर सकती है।

* यह सदा एक समान रहती है, यद्यपि पुनर्जन्म की लंबी यात्रा में, जो अंततः परमात्मा की ओर ले जाती है।

* यह अनगिनत रूपों में प्रकट होती है।

* शरीर नश्वर है, मृत्यु को प्राप्त होता है, परन्तु आत्मा नहीं मरती है; यहां तक कि जब आत्मा परमात्मा में समाती है, तब भी यह शाश्वत रूप में मौजूद रहती है।

* प्रकृति में आत्मा का रूप अदृश्य है। इसकी उपस्थिति मात्र जीवधारियों के शरीर से ही जानी जा सकती है। शरीर की उपस्थिति आत्माओं की अधूरी इच्छाओं के कारण ही संभव है।

इस संदर्भ में, Meena Om (2012) का कहना है कि आत्मा 'शुद्ध सत्य' और 'शुद्ध ऊर्जा' है। हमारी अंतरात्मा "महान दिव्यता का निवास स्थान है, जो आंतरिक और बाहरी दुनिया को बदलने में सक्षम है। लेकिन गंतव्य (परमानंद) की प्राप्ति के लिए, इसे दुःख के पहाड़ों से गुजरना पड़ता है। ...तो जीवन एक सुंदर यात्रा है जिसमें अनेक उतार-चढ़ाव शामिल हैं। ...प्रत्येक घटना प्रतीकात्मक है, यह एक संदेश है, और इसका एक खास अर्थ है – जो स्वयं दिव्य है। कोई भी सांसारिक शब्द इसे परिभाषित नहीं कर सकता है। केवल एक अंतर्ज्ञानी व्यक्ति ही यह जानता है। यही कारण है कि सभी अंतर्ज्ञानी आत्माओं के चेहरे पर एक स्थायी मुस्कान होती है !! वे मुस्कुरा कर मानो यह कह रहे हों... अरे मानव! तुम रो-रो कर दया के पात्र बन गए हो..... लेकिन तुम्हें इसका किंचित ज्ञान नहीं है कि हमने इस स्थायी मुस्कान के लिए कितने कठोर अभ्यास और कठिन साधना की है!!"

"सोलकोलॉजी" के एक अज्ञात लेखक ने कहा है कि हमारी आत्मा निम्नलिखित आठ ऊर्जाओं से बनी है:

1. दिव्य करुणा

2. दिव्य रचना

3. दिव्य आदेश

4. दिव्य प्रेम

5. दिव्य आत्माभिव्यक्ति

6. दिव्य सत्य

7. दिव्य शक्ति

8. दिव्य बुद्धिमत्ता

अपने मन को शांत और स्थिर कैसे करें:

मन को शांत और स्थिर करने के चार सरल उपाय हैं। पहला कदम- फर्श पर सुखासन में बैठ जाएँ। यदि कोई दिक्कत हो तो एक कुर्सी पर सीधा बैठ कर पैरों को फर्श पर मजबूती से जमा लें। यदि आपके पैर फर्श तक नहीं पहुंचते हैं, तो उनके नीचे एक दृढ़ तकिया रखें। यदि आप एक कुर्सी पर भी नहीं बैठ सकते हैं, तो अपनी पीठ के बल लेट जाएं। ध्यान के लिए यह भी स्वीकार्य है। जहां तक हो सके अपने शरीर के विभिन्न हिस्सों को शिथिल होने के लिए समय दें। एक बार जब आप विश्रांति महसूस करने लगें, तो गहरी सांस लें और छाती के अग्रभाग को ऊपर उठाएं। फिर धीरे से कंधे के ब्लेड को रीढ़ की ओर ले जाएं। यह आपके

कंधों के तनाव को कम करने में मदद करेगा। इसी तरह, आप अपने शरीर के अन्य भागों को भी तनाव-मुक्त करें।

दूसरा कदम – अपने शरीर को एक स्पष्ट मौन संदेश देना है कि इस शिथिलता की स्थिति को कम से कम पांच मिनट तक बनाए रखना है। धीरे-धीरे, आप अपनी सुविधानुसार, इस समय को पांच से दस और दस से पंद्रह मिनट तक बढ़ायें।

तीसरा कदम – सांस के प्रति जागरुक हों। यह सांस और चेतना को जोड़ता है। यही जागरुकता मन को शांत और गहन ध्यान की अनुभूति कराएगी। जब भी आप ध्यान में बैठें, सांस के प्रति जागरुक अवश्य रहें। यही प्रक्रिया आपकी चेतना को ईश्वर से जुड़ने का अनुभव कराएगी।

चौथा और अंतिम कदम – ईश्वर से प्रार्थना। इसमें आप अपनी इच्छा, चिंता, समस्या आदि के समाधान के लिए विनम्र होकर ईश्वर से अनुरोध कर सकते हैं। यह क्रिया आप प्रतिदिन नियम पूर्वक करते रहें। ईश्वर दयालु और कृपालु हैं। वे अवश्य आपकी सहायता करेंगे।

इस प्रकार ध्यान के अभ्यास से निम्न लाभ पाए जा सकते हैं :

* एकाग्रता: किसी एक वस्तु या उद्देश्य पर ध्यान केंद्रित करना।

* अवलोकन: वर्तमान में आपके अनुभव में जो कुछ भी प्रमुख है, उस पर ध्यान देना।

* जागरुकता अथवा चेतना: सतत जागरुक और चैतन्य रहने के लिए।

* प्रार्थना: प्रार्थना ईश्वर से वार्तालाप के रूप में वर्णित है – "एकनिष्ठ भक्तिभाव से ईश्वर से जुड़ना।"

ध्यान से अधिकतम लाभ पाने के लिए कम-से-कम आठ सप्ताह तक प्रतिदिन इसका अभ्यास अनिवार्य है। यह आध्यात्मिक उपचार खुशी और मन की शांति सहित कई मायनों में एक व्यक्ति के जीवन को बदल सकता है। चूंकि ध्यान ईश्वर को सुनने की मुद्रा है, हम इस मानसिक स्थिति में अपनी प्रार्थनाओं के उत्तर प्राप्त कर सकते हैं। प्रार्थना हमारे अंदर के अहंकार को बाहर निकालती है और चेतना के दिव्य प्रकाश से हमारे अंतस को भर देती है। इस प्रकार, प्रार्थना हमें ऊर्ध्वमुखी बनने में सहायक होती है।

आत्मा ऊर्जा है: इस सत्य से आत्म-साक्षात्कार

विकिपीडिया के अनुसार, "आत्म-साक्षात्कार पाश्चात्य मनोविज्ञान, दर्शन और आध्यात्मिकता में प्रयुक्त अभिव्यक्ति है"। यह "अपने चरित्र और व्यक्तित्व की संभावनाओं की परिपूर्णता" की समझ है। भारतीय विचारधारा में, "आत्म-साक्षात्कार वह सच्चा आत्म-ज्ञान प्राप्त करना है जो शाश्वत आत्मा का ही स्थायी अंश-रूप है।"

सत्य से आत्म-साक्षात्कार के लिए, हमें सबसे पहले अपनी इंद्रियों – आंख, कान, नाक, जीभ और त्वचा को बंद करना होगा – और आंतरिक दुनिया में प्रवेश करना होगा। वेदांत के अनुसार, हमारी ये पाँच ज्ञानेन्द्रियां बाहरी उपकरण हैं जो अपने-अपने आंतरिक अंगों से जुड़ी हुई हैं। और, ये सभी आंतरिक अंग मन

से जुड़े होते हैं। इसलिए, प्रत्यक्षीकरण के लिए, हमें इन तीनों भागों की आवश्यकता होती है – इंद्रियाँ, आंतरिक अंग और मुक्त मन। लेकिन जब हम इन पांच बाहरी उपकरणों को बंद करते हैं, तभी हम सभी प्रकार के अनुभवों के लिए आंतरिक दुनिया में प्रवेश करते हैं – विशेष रूप से ऊर्जा, आत्मा और ईश्वर जैसी आध्यात्मिक वास्तविकताओं की अनुभूति के लिए। चूंकि ईश्वर शुद्ध ऊर्जा है और आत्मा ईश्वर का एक अंश है, इसलिए इसे भी शुद्ध ऊर्जा के रूप में महसूस किया जाता है। इस प्रकार, जब हम अपने मन को निश्चल और शांत करते हैं और ध्यान करते हैं, तो हम उस पर ध्यान केंद्रित करने की कोशिश करते हैं जो हम चाहते हैं। यहाँ उद्देश्य आत्मा को ऊर्जा के रूप में अनुभव करना है जो अति-चेतन मन द्वारा सरलता से किया जा सकता है।

****

 ~ ईश्वर – एक आध्यात्मिक वास्तविकता ~

पंचम अध्याय

"हमें मौन में एक नई ऊर्जा और एक
वास्तविक एकत्व की प्राप्ति होती है।
ईश्वरीय ऊर्जा को अपना कर हम
सारे काम अच्छी तरह कर सकते हैं।"

— *मदर टेरेसा*

एहसास करें कि यह जीवन-ऊर्जा ईश्वर के रूप में ब्रह्मांड में सर्वत्र है

हम यह अच्छी तरह जानते हैं कि हमारा मन एक बंदर की भांति है जो एक पेड़ से दूसरे पेड़ पर निरुद्देश्य कूदता रहता है। इसलिए, हमें पहले सीखना होगा कि अपने मन को नियंत्रित कैसे करें। इसके लिए, हमने पहले ही एलान सीएल द्वारा सुझाये अभ्यास को सीख लिया है। हमने ध्यानस्थ होने और प्रार्थना के बारे में भी सीखा है। लेकिन यह ब्रह्मांड में हर जगह जीवन-ऊर्जा के रूप में ईश्वर को महसूस करने के लिए पर्याप्त नहीं है। हमें आगे सीखना होगा कि एकाग्रता की शक्ति कैसे बढ़ाई जाए। यद्यपि एकाग्रता को कई तरह से परिभाषित किया गया है, यह ईश्वर की प्राप्ति के लिए सर्वोत्तम तरीका हो सकता है: एकाग्रता "अपनी इच्छा के अनुसार अपने ध्यान को निर्देशित करने की क्षमता" है।

एकाग्रता की शक्ति कैसे बढ़ाएं:

यह निम्नलिखित अभ्यासों द्वारा किया जा सकता है:

अभ्यास 1: एक आरामदायक कुर्सी पर बैठें और शांतचित्त और निश्चल रहने की कोशिश करें। अपने शरीर के विभिन्न हिस्सों को ढीला छोड़ दें और केवल अपनी साँस लेने और छोड़ने पर ध्यान दें।

अभ्यास 2: जब आप पूरी तरह से शांत, स्थिर और तनाव मुक्त हो जाएं, तो अपने दाहिने हाथ को ऊपर उठाएं और अपनी मध्यमा उंगली को नाक की सीध में रखें और एक मिनट तक लगातार देखते रहें। फिर, अपने बाएँ हाथ को उठाएँ और उसकी मध्यमा उंगली को उसी तरह रखकर एक मिनट तक देखने की कोशिश करें।

अभ्यास 3: कल्पना कीजिए कि आपकी आँखें बंद हैं और आप एक बगीचे में घूम रहे हैं, और आपकी आंतरिक आँखें तरह–तरह के पेड़ों और फूलों को देख रही हैं; आपकी नाक विभिन्न फूलों की खुशबू को सूंघ रही है; आपके कान पक्षियों की चहचहाहट और कलरव सुन रहे हैं; आपकी जीभ एक मीठे पकवान के स्वाद का आनंद ले रही है; और आपके हाथ इन पौधों तथा पुष्पों का स्पर्श कर रहे हैं। यदि आप प्रतिदिन इस कल्पना का अभ्यास करेंगे तो यह निस्संदेह आपके आंतरिक इंद्रियों की शक्ति को बढ़ाएगा। बेहतर परिणाम के लिए, आपको एक समय में केवल एक आंतरिक इन्द्रिय का उपयोग करना चाहिए।

     ~ ईश्वर – एक आध्यात्मिक वास्तविकता ~

अभ्यास 4: अपने बिस्तर पर लेट जाएं और पूरी तरह से तनाव मुक्त महसूस करें। फिर अपने दिल की धड़कन पर ध्यान केंद्रित करें और सिर से पैर तक अपने शरीर के विभिन्न हिस्सों में रक्त के प्रवाह का अनुभव करें। थोड़े अभ्यास के बाद, आप अपने शरीर में रक्त परिसंचरण की प्रणाली को मानस पटल पर चित्रित कर लेंगे।

अभ्यास 5: यह अभ्यास आपकी स्मरण शक्ति को बढ़ाने के लिए है। यदि आप किसी कविता को याद करना चाहते हैं, तो इसके पहले श्लोक को याद करें। फिर, दूसरे श्लोक पर जाएं। दूसरा श्लोक सीखने के बाद, तीसरे पर न जाएं। पहले और दूसरे श्लोक को एक साथ याद करने की कोशिश करें। पहले दो श्लोकों पर महारत हासिल करने के बाद तीसरे पर जाएं। फिर, चौथे श्लोक पर जाने से पहले, एक साथ पहले तीन श्लोकों पर महारत हासिल करें। इस तरह, आप पूरी कविता को सही क्रम में याद कर पाएंगे। इसे खंड बनाम संपूर्ण विधि कहते हैं।

अभ्यास 6: यदि आपको भाषण देना है या नाटक या वाद-विवाद में भाग लेना है, तो अपने स्तर पर पूर्वाभ्यास करें। फिर, इसी को दो/तीन बार दर्पण में देखकर अभ्यास करें। यह आपको सही दैहिक भाषा एवं हाव भाव को अपनाने में भी सहायक होगा।

आस्था और विश्वास का जादू:

आस्था और विश्वास इतने परस्पर जुड़े हुए हैं कि उन्हें अलग करना मुश्किल है। इसलिए, बहुत लोग इन दो शब्दों का एक साथ प्रयोग करते हैं। विकिपीडिया के अनुसार, "आस्था

(Faith) बिना प्रमाण किसी व्यक्ति, चीज या अवधारणा में भरोसा जताना है"। धर्म के संदर्भ में, विश्वास (Belief) "ईश्वर में या सिद्धांतों या सीखों में" होता है। यह एक जादू है जिसे संत ऑगस्टीन (St. Augustine) ने अपने सुभाषित में बहुत अच्छी तरह से वर्णित किया है: "आस्था अदृश्य में विश्वास है; इस आस्था का परिणाम है कि आप उसे देख पाते हैं जिसमें आपका विश्वास है।"

इस सुभाषित से, यह स्पष्ट है कि यदि हम हर जगह ईश्वर की उपस्थिति का एहसास करना चाहते हैं तो हमें ईश्वर में दृढ़ आस्था रखने की आवश्यकता है। यह दृढ़ आस्था कुछ समय बाद एक विश्वास में परिवर्तित हो जाएगी; और यही विश्वास हमें ब्रह्मांड में सर्वत्र ईश्वर की उपस्थिति का एहसास दिलाएगा। "ईश्वर के प्रति गहरी श्रद्धा और दृढ़ विश्वास उसके अस्तित्व का बोध कराता रहा है, आज भी करा रहा है और भविष्य में भी कराता रहेगा।"

"ईश्वर की प्राप्ति के तरीके:

ईश्वर की प्राप्ति के लिए कुछ आवश्यक शर्तें हैं:

1. हमें अपनी मानसिकता को भौतिकवादी चेतना से आध्यात्मिक चेतना में बदलना होगा (अध्याय I का संदर्भ लें)।

2. हमें अपने धर्म के अनुसार ईश्वर की अपनी अवधारणा को एक मात्र ईश्वर में बदलना होगा (अध्याय II का संदर्भ लें)।

3. हमें विश्वास करना होगा कि ईश्वर हमारे अंदर ही आत्मा के रूप में विद्यमान है (अध्याय III का संदर्भ लें)।

4. हमें स्थिर और शांत चित्त होकर जानना होगा कि हमारी आत्मा ही ऊर्जा है (अध्याय IV का संदर्भ लें)।

गीता प्रेस, गोरखपुर के संस्थापकों में से एक, जिन्होंने ईश्वर को महसूस किया था, जयदयाल गोयन्दका के अनुसार ईश्वर प्राप्ति के लिए निम्नलिखित चरणों की आवश्यकता है:

1. **तीव्र अभिलाषा:** व्यक्ति को ईश्वर में दृढ़ विश्वास और उसे महसूस करने की उत्कृष्ट इच्छा होनी चाहिए। हमने पहले ही आस्था और विश्वास का जादू देखा है, और, संकल्प की चुंबकीय शक्ति भी। हमने यह भी देखा है कि कैसे "ऊर्जा को पदार्थ और पदार्थ को ऊर्जा में परिवर्तित किया जा सकता है"। यह सब "द्रष्टा" पर निर्भर करता है। दोहराती हुई इच्छाएँ, "आस्था" और "विश्वास" के साथ एक ऐसा प्रतिरूप बनाती हैं जो ईश्वर को "जीवन-ऊर्जा शक्ति" (अदृश्य) के रूप में अथवा "सर्वशक्तिमान ईश्वर" (दृश्यमान) के रूप में, जिसकी भी हम आराधना और उत्कंठा करते हैं, आकर्षित करती हैं।

2. **आत्मानुशासन:** महान ऋषि पतंजलि ने समाधि (ध्यानमग्नता) के लिए अष्टांग योग को निर्धारित किया है। मन की यह स्थिति, जो पूर्ण रूप से शांत और निश्चल है, ईश्वर की प्राप्ति के लिए अत्यावश्यक है। मन की इस स्थिति में हम लौकिक से शाश्वत की ओर बढ़ते हैं और हमारी आत्मा अन्य आत्माओं तथा ईश्वर के साथ संवाद स्थापित करती है। इसे गहन योग (Sharan, 2014) में आध्यात्मिक संवाद के रूप में जाना जाता है।

3. **कर्मयोग** (कर्तव्य का अनुशासन), **भक्तियोग** (भक्ति का अनुशासन), और **ज्ञानयोग** (ज्ञान का अनुशासन) ईश्वर प्राप्ति के अलग-अलग मार्ग हैं। एक व्यक्ति ईश्वर तक पहुंचने के लिए अपने विश्वास और सुविधा के अनुसार किसी भी मार्ग का अनुसरण कर सकता है। शर्त केवल इतनी है कि उसे किसी भी परिणाम की अपेक्षा किए बिना कर्म करना होगा। इसे ही **निष्काम कर्म** कहते हैं।

4. **अनन्य समर्पण:** ईश्वर के चरणों में पूर्ण रूप से आत्मसमर्पण ईश्वर की प्राप्ति का सबसे सरल मार्ग है। ईश्वर अपने सच्चे और समर्पित भक्तों के दोषों को भी नजर अंदाज कर देते हैं। आत्मसमर्पण परमेश्वर की प्राप्ति और उसकी अनुकंपा, प्रेम और कृपा प्राप्त करने का सरलतम मार्ग है। रूमी के अनुसार, "ऐसे कुछ ख़ास चुनिन्दे ही हैं जिन्होंने आत्मसमर्पण किया है। कभी वे प्रकाश के कण मात्र थे, अब वे दैदीप्यमान सूर्य हैं"।

****

AiR Institute of Realization (2018). *Who is God? Where is God? What is God?* Bangalore: AiR.

Brain, Marshall (2015). *How "God" Works: A Logical Inquiry on Faith.* Inc: Sterling Publishing Company.

Briggs, Victoria (2016). *In Pursuit of a Purpose-Driven Life: Daily Inspiration to Achieve it.* Kindle Edition.

Chopra, D. (2017). *The Seven Spiritual Laws of Success.* India: Hay House Publishers.

Khoo, T. K. (1995). *Universal Law of Reincarnation.* Khengkoo_t@hotmail.com.

Meena Om (2012). Soul is Pure Energy. Available on internet.

Mutchler, D. (2012). *Beyond the Ego.* Bloomington, IN: Balboa Press.

Sharan, M.B. (2011). *Metaphysical Realities in Psychology and Management.* New Delhi: Concept Publishing Company.

Sharan, M.B. (2014). *The Psychology of Super-Conscious Mind.* New Delhi: Concept Publishing Company.

Singh, T.D. (2005). *Life and Spiritual Evolution.* Kolkata: The Bhaktivedanta Institute.

Tsering, G.T. (2004). *Buddha's medicine for the mind: Cultivating wisdom and compassion.* South Mellbourn, Vic.: Lothian Books.

लेखक के विषय में

एम. बी. शरण (पीएच. डी) मानविकी और सामाजिक विज्ञान विभाग, आईआईटी, खड़गपुर के मनोविज्ञान के पूर्व प्रोफेसर हैं, जहां उन्होंने तीन दशकों से अधिक समय तक स्नातक और स्नातकोत्तर छात्रों को मनोविज्ञान और प्रबंधन का पाठ्यक्रम पढ़ाया। इस अवधि के दौरान, वे दो बार विभागाध्यक्ष रहे और उन्होंने आईआईटी, यूजीसी और यूपीएससी की विभिन्न समितियों में भी कार्य किया। 1990 में, वे 'नेशनल काउंसिल ऑन फैमिली रिलेशंस' द्वारा आयोजित एक अंतरराष्ट्रीय सम्मेलन में अपना पेपर प्रस्तुत करने के लिए सिएटल भी गए। 1975 में आईआईटी में सेवा शुरू करने से पूर्व, वे पटना कॉलेज, पटना एवं टीएनबी कॉलेज, भागलपुर में 10 से अधिक वर्षों तक मनोविज्ञान के व्याख्याता रहे। 2005 में आईआईटी सेवा से अवकाश प्राप्ति के बाद, उन्होंने राउरकेला इंस्टीट्यूट ऑफ मैनेजमेंट स्टडीज, राउरकेला में डीन (अकादमिक) और प्रिंसिपल, पीआईईईटी, राउरकेला में इमिरेट्स (सेवामुक्त) प्रोफेसर और 2014 तक आईआईटी, पटना में वरिष्ठ प्रोफेसर के रूप में कार्य किया। वर्ष 2006-2007 के दौरान वे 'नैशनल अकादमी ऑफ़ साइकोलॉजी' के 'अध्यक्ष' भी रहे। 'हू इज़ हू इन द वर्ल्ड' के आठवें संस्करण में उनकी जीवनी भी प्रकाशित हुई है। उनकी

नौ पुस्तकें प्रकाशित हो चुकी हैं और यह दसवीं है। राष्ट्रीय और अंतर्राष्ट्रीय पत्रिकाओं में बहुत सारे आलेख छप चुके हैं। शिक्षण और शोध के अलावा, वे "पारस्परिक कौशल", "नियोजन कौशल", "अध्ययन और शिक्षण कौशल", "संबंधों का निर्माण", "युवा दिखें और दीर्घायु पाएँ" आदि जैसे सम-सामयिक विषयों पर अल्पकालिक पाठ्यक्रम भी आयोजित करते रहे हैं। सम्प्रति, वे और उनकी जीवन संगिनी सविता शरण, अपने गाँव वलीपुर, जिला सीतामढ़ी, बिहार में स्थापित श्री सीता राम सरस्वती विद्या मंदिर में ग्रामीण बच्चों को शिक्षित कर रहे हैं।